WENN EIN LÖWE FINDET

Lion's Pride, Band 13

EVE LANGLAIS

Copyright © 2021 Eve Langlais
Englischer Originaltitel: » A Lion's Mate (A Lion's Pride Book 13)«
Deutsche Übersetzung: Noëlle-Sophie Niederberger für Daniela Mansfield Translations 2021

eBook: ISBN: 978-1-77384-269 1
Taschenbuch: ISBN: 978-1-77384- 270 7

Alle Rechte vorbehalten. Dies ist ein Werk der Fiktion. Namen, Darsteller, Orte und Handlung entspringen entweder der Fantasie der Autorin oder werden fiktiv eingesetzt. Jegliche Ähnlichkeit mit tatsächlichen Vorkommnissen, Schauplätzen oder Personen, lebend oder verstorben, ist rein zufällig. Dieses Buch darf ohne die ausdrückliche schriftliche Genehmigung der Autorin weder in seiner Gesamtheit noch in Auszügen auf keinerlei Art mithilfe elektronischer oder mechanischer Mittel vervielfältigt oder weitergegeben werden.

Titelbild entworfen von: Yocla Designs © 2021
Herausgegeben von: Eve Langlais www.EveLanglais.com

Prolog

WARNUNG: *DER ANFANG, WIE IN SO MANCHEM berühmten Animationsfilm, beginnt mit dem Tod eines Elternteils. Wenn Sie das überspringen möchten, dann machen Sie mit Kapitel Eins weiter. Wenn Sie das Ereignis erleben wollen, das die Heldin geformt hat, dann lesen Sie weiter.*

Der Bär musste sich zwischen den eisigen Säulen versteckt haben. Sie füllten den Raum aus, Wachposten aus flüssigem Kristall, manche davon breit genug, um einen recht großen Bären zu verbergen.

Sie hätten ihn riechen sollen, und doch gab es so viele Gerüche. Der feuchte Dampf deutete auf etwas Ätzendes hin. Übelriechend, mit einem Hauch von Verwesung.

Plötzlich trottete er in ihr Blickfeld. Sein Fell war weniger weiß, mehr ein schmuddeliges Grau, und hing in Klumpen von seinem fleckigen Körper, während eines seiner Augen durch einen vorherigen Kampf verletzt war.

»Scheibenkleister.« Das war nicht das Wort, das ihre Mutter benutzte, was Arleen schockierte.

»Mama?« Wenn ihre Mutter das S-Wort benutzte, dann sollte Arleen Angst haben.

»Bleib hinter mir, Fläuschchen.« Der Spitzname, den ihre Mutter ihr gegeben hatte, als sie als Baby mit voller Kopfbehaarung zur Welt gekommen war.

Der Bär stellte sich auf seine Hinterbeine und brüllte, wobei er trotz seines abgemagerten Körpers bedrohlich wirkte. Er hatte riesige Tatzen, größer als ihr Kopf, spitze, gelbe Krallen und eine gemeine Art.

Mama gab ein warnendes Geräusch von sich.

Der Bär schien nicht beeindruckt zu sein. Den Narben auf seinem Körper nach zu urteilen hatte er um das Privileg gekämpft, so lange am Leben zu bleiben. Auch wenn sich nur noch wenige Zähne in seinem Mund befanden, konnte er mit denen, die ihm geblieben waren, mühelos ihre Knochen brechen. Arleen biss sich auf die Lippe, um nicht zu wimmern.

Mama murmelte: »Geh in Deckung, Fläuschchen.«

Sich zu verstecken klang nach einer guten Idee. Arleen versteckte sich hinter einer Eissäule, die so kalt war, dass sie sich davor hütete, sie zu berühren – ihre Haut würde daran festfrieren. Sie wartete darauf, dass ihre Mutter sich ihr anschloss. Vielleicht konnten sie sich aus der Höhle hinausschleichen, wenn sie die Säulen als Deckung verwendeten.

Ihre Mutter entschied sich für eine direkte Konfrontation mit dem Bären. Sie war furchtlos, wenn es um Gefahr ging. Sie verwandelte sich, wobei sich ihre lockere Kleidung an die plötzliche Veränderung von Größe und Fell anpasste. Arleen verzog das Gesicht in Anbetracht des glatten braunen Fells, da es sie an ihre eigene Farbe erinnerte, die mehr der des Bären als der ihrer Familie ähnelte.

Ihre Mutter verfiel in eine Kampfhaltung. Sie war kleiner und schmaler als der Bär, aber sie war schnell.

Sie wich der Tatze aus, mit der er ausholte. Auf. Ab. Sie trat zu. Keiner der Schläge war hart genug, um ihn außer Gefecht zu setzen, aber der Bär taumelte dennoch zurück.

Arleen spähte an dem Bären vorbei zu einer

dampfenden Felsspalte. Mama hatte einen Plan. Sie würde sie retten.

Sie rutschte mit dem Fuß weg und schwankte. Genau in diesem Moment holte der Bär aus und traf sie mit seiner riesigen Tatze. Ihre Mutter wurde gegen einen Sockel geschleudert, auf dem eine Schatulle stand. Diese wackelte, fiel aber nicht herunter – der Schatz, den zu sehen sie gekommen waren. Arleen scherte sich nicht mehr wirklich darum, was sich in der Schatulle befand, denn Mama sackte zusammen und stand nicht wieder auf, obwohl der Bär auf sie zustürmte.

»Mama!«, schrie Arleen und lief hinter ihrer Deckung hervor, was die Aufmerksamkeit des zottelligen Bären erregte. Er machte einen Schritt auf Arleen zu und brüllte.

Wütend verwandelte Arleen sich in ihre andere Gestaltform und brüllte zurück.

Es war nicht annähernd so beeindruckend und verärgerte den Eisbären nur.

Er griff Arleen an, die erstarrte, da die Angst sie in eine Statue verwandelte. Sie war zu klein, um gegen ihn anzukämpfen. Ihre einzige Option bestand darin, ihm davonzulaufen.

Sie lief auf eine Säule zu und verbarg sich dahinter, nur um zu schreien, als der Bär sie rammte. Die

Säule krachte und Eis fiel von der Decke – zerklüftete Spitzen.

Sie schoss hinter der Säule hervor zu einer anderen, aber der Bär folgte ihr und stieß mit seinen Schultern gegen das eisige Gebilde, woraufhin es Eisklumpen regnete. Es tat weh.

Arleen bedeckte ihren Kopf und lief blindlings weiter, angetrieben von der Panik.

Bis nichts als ein Abgrund am Boden blieb, keine Säulen mehr. Und als sie herumwirbelte, kam der Bär auf sie zu. Langsam. Er wusste, dass er sie hatte.

Sie versuchte, tapfer zu sein wie ihre Mutter, wie eine Kriegerin. Sie stellte sich ihm mit kleinen, pelzigen Fäusten entgegen.

Er öffnete weit das Maul und atmete feuchten Tod aus. Und dann ... war Mama da! Ihre Hände waren miteinander verschränkt, damit sie auf ihn einschlagen konnte. Die Kraft des Schlages brachte den Bären dazu, den Kopf zu schütteln. Er stellte sich auf die Hinterbeine.

Mama erwartete es und sprang bereits hoch, um mit den Fäusten auf ihn herunterzustürzen. Der Bär taumelte in die Nähe des dampfenden Spalts im Boden. Ihre Mutter schlug erneut und erneut zu, ihr Gesicht grimmig vor Entschlossenheit.

Arleen kam näher, als ihre Mutter sich auf den

letzten Schlag vorbereitete, der den Polarriesen umstürzen würde.

Rums. Der Bär taumelte an der Kante und schlug um sich, wobei seine Reichweite über das hinausging, was Arleen erwartet hatte. Die Klauen schnitten über die Brust ihrer Mutter. Tiefe Schnitte, die stark bluteten.

Arleen sah den Schock im Gesicht ihrer Mutter. Sie beide übersahen den zweiten Schlag des Bären, der Mama am Knöchel erwischte. Er riss sie ohne einen einzigen Schrei in den Abgrund.

Arleen schrie nach ihr, während sie zum Rand kroch.

Sie spähte herunter. »Mama?« Sie flüsterte das Wort weinend und starrte nach unten. Der Riss in der Erde hätte ein paar Meter tief oder bodenlos sein können – sie konnte nicht weit genug hineinsehen, um es zu erkennen. Kein Bär. Keine Mutter. Nichts als eine aufsteigende Dampfwolke.

Dennoch wartete sie stundenlang an dem Abgrund, blickte hinein und lauschte, bis sie schließlich erkannte, dass Mama tot war. Arleen war allein.

Die Panik übermannte sie und sie wirbelte herum, um wegzulaufen, aber ihre Tränen blendeten sie. In ihrer Hektik stieß sie gegen den Sockel, wobei sie es nicht schaffte, mit den Händen zu verhindern, dass sie mit dem Gesicht gegen die darauf stehende Schatulle schlug. Ihre Lippe platzte auf und ihr Kinn landete auf dem dämlichen Ding, das sie und ihre Mutter hergebracht hatte. Eine besondere Reise nur für sie beide.

Ein Albtraum, der sie jetzt schluchzen und weinen ließ, während sie blutete. Sie nahm die Schatulle, ignorierte den elektrischen Schlag und warf sie zur Seite.

Sie fiel zu Boden und rutschte weiter, wobei sie den wabernden Nebel verdrängte.

»Ich hasse dich!«, brüllte Arleen. Die Schatulle hatte ihre Mutter getötet.

Sie ging darauf zu und hob den Fuß. Sie würde sie in ihre Einzelteile zerlegen, damit niemand sonst jemals danach suchen würde.

Aber als ihr Fuß über der Schatulle schwebte, zögerte sie.

Das geschnitzte Holzquadrat hatte zu leuchten begonnen. Es erhellte die unleserlichen Inschriften auf seiner Oberfläche, wobei das Schlüsselloch am hellsten strahlte.

Mach sie auf.

Sie drückte mit einem blutigen Finger darauf. Sie hatte keinen Schlüssel. Sie wünschte, sie hätte einen, denn der Legende nach, die ihre Mutter ihr erzählt hatte, enthielt die Schatulle in ihrem Inneren Magie. Vielleicht von der Art, die sie zurückbringen konnte.

Arleen nahm die leuchtende Schatulle und fragte sich, ob das Schloss geknackt werden könnte. Vielleicht war es gut, dass sie leuchtete?

Sie presste sie an sich und wünschte sich: *Ich will Mama.* Sie wollte sich geliebt und beschützt fühlen. Sie wollte sich sicher fühlen, nicht traurig und allein.

Arleen wollte zurück zu dem sorglosen Glück, das sie noch an diesem Morgen genossen hatte. Erschöpft schlief sie ein, die Schatulle fest in den Armen.

Sie wachte zusammengerollt auf dem Eis auf, mit einem hübschen Behältnis in den Händen. Auf dem Sockel würde es noch schöner aussehen.

Sie stellte es darauf und richtete es mittig aus.

Mein Schatz.

Meine Schönheit.

Es war ihre Pflicht, es zu beschützen, und es war das Einzige, woran sie sich erinnerte ...

Bis zu dem Tag, an dem die Leute kamen und den Fluch brachen.

Kapitel Eins

Das Eis brach unter Zachs Tatze und er sprang los, bevor es die Gelegenheit hatte zusammenzubrechen. Er bereute seine Entscheidung, eine Mission angenommen zu haben, bei der er in die Arktis reisen musste. Die einzige Kälte, die er für gewöhnlich tolerierte, beinhaltete Skier und heiße Schokolade.

Er rannte nicht um sein Leben, und trotzdem arbeiteten seine vier Beine angestrengt in dem Versuch, den wogenden Boden hinter sich zu lassen, der durch den plötzlich aktiven Vulkan verursacht wurde. Als wären der bebende Boden und die sich hebenden Eisplatten nicht bereits schlimm genug, begann aus den Rissen zischender Dampf aufzusteigen.

Das bedeutete, dass sie schnell sein mussten – *sie*, das waren Zach, Nora und Peter. Sie wichen dem heißen Dampf aus und sprangen über Spalten, die sich noch nicht in Dampfgarer verwandelt hatten. Zach konnte nur hoffen, dass sie den Hubschrauber erreichten, bevor das ganze Plateau zusammenbrach.

Das krachende Eis wurde langsamer und sie liefen der Zerstörung davon, während der Nebel dünner wurde. Zach sah den Helikopter genau dort, wo er ihn auf dem Eisfeld zurückgelassen hatte – zivile Militärausrüstung. Er hatte eine spezielle Freigabe zum Fliegen und er hätte keinerlei Schwierigkeiten, sofern er keine Aufmerksamkeit auf sich zog.

Sie liefen darauf zu, die Beine angestrengt arbeitend, ihre Körper tief und lang. Ein Löwe konnte eine Geschwindigkeit von bis zu achtzig Stundenkilometer erreichen. Bei solcher Verzweiflung waren es vermutlich über neunzig.

Sobald sie nahe genug dran waren, verwandelte Zach sich und riss die Tür zum Cockpit auf. Er musste den Motor starten, und zwar schnell. Er war nicht lange hier draußen gewesen, also sollte er noch relativ warm sein. Der Motor startete und die Rotoren begannen, sich zu drehen. Er schnappte sich eine Tasche und öffnete sie, bevor er Kleidungsstücke verteilte wie Konfetti. Ein Hemd für dich. Eine Hose für mich. Gummistiefel in Einheitsgröße. Die waren einfacher einzupacken und besser, als barfuß zu sein, wenn er in seiner zweibeinigen Gestalt war. Die Menschen hatten es nicht gern, wenn die Zehen sichtbar waren, besonders in kalten Klimata.

Eine Dampfpfeife brach durch das Eis hindurch, als die Zerstörung näher kam.

Zach brüllte: »Schnallt euch an, wir heben ab!« Ohne nachzusehen, ob sie gesichert waren, hob er den Vogel in die Lüfte. Nicht eine Sekunde zu früh.

Unter ihnen öffnete sich ein Riss, und obwohl sie schnell aufstiegen, traf sie die Hitze mit voller Kraft. Er flog davon weg. Als sie den Dampf hinter sich ließen und in frischere Luft kamen, bemerkte er es. Einen Duft, der nicht hierhergehörte.

Aber darüber konnte er sich noch keine Sorgen machen. Die Katastrophe hatte sich ausgebreitet. Vor ihnen erschienen Risse, aus denen zischend Dampf austrat und sie immer weiter in die Höhe zwang. Er wich aus und folgte den Koordinaten zurück zu dem Ort, wo er den Helikopter ausgeliehen hatte.

Da die Gefahr nachließ, rief Nora aus: »Heilige Scheiße, Zach. Ich kann nicht glauben, dass du in einem Hubschrauber gekommen bist.«

»Ja, es war nicht meine erste Wahl«, gab er zu, wobei er ein Auge auf die Messgeräte gerichtet hielt. Sein erster Gedanke, als er erfahren hatte, dass er in die Arktis musste, war ein Schneemobil gewesen. Ein Helikopter war angesichts der Kälte nicht gerade optimal. Und sie waren nicht für lange Flüge in solchen Temperaturen gemacht. Da er jedoch nicht gewusst hatte, wen oder was er möglicherweise zurückbringen würde – oder wie dringend die Mission war –, hatte er sich für etwas entschieden, das ein wenig größer und schneller war.

»Ich bin froh, dass du uns gefunden hast.«

»Ich habe euch nur durch Zufall gefunden. Eigentlich bin ich wieder einigen dieser menschlichen Söldner gefolgt.« Sie hatten in ihrem verzweifelten Versuch, einen Schatz in die Finger zu bekommen, in letzter Zeit Probleme gemacht. Die Menschen verstanden es nicht, das Rudel aber genauso wenig.

»Denkst du, Svetlana hat es mit der Schatulle hinausgeschafft?«, fragte Nora.

»Vielleicht. Das hängt davon ab, ob sie schnell genug rausgekommen sind.« Immerhin hatten sie es geschafft.

Schließlich schloss Peter sich der Unterhaltung an. »Sollten wir nicht über die Tatsache sprechen, dass die Schatulle mich in einen Löwen verwandelt hat?«

»Ich weiß nicht, warum du überrascht bist. In dem Buch stand immerhin, dass es passieren könnte.«

Peters Tonfall war trocken, als er erwiderte: »Das bedeutet nicht, dass ich daran geglaubt habe, dass es tatsächlich passieren würde.« Angesichts dessen, dass er an diesem Morgen als Mann aufgewacht und jetzt ein gestaltwandelnder Löwe war, konnte man ihm seine Bissigkeit verzeihen. Würde das nicht einige im Rudel durcheinanderbringen?

»Es ist passiert und jetzt müssen wir uns Sorgen darum machen, dass es erneut passiert, falls Svetlana sich dazu entscheidet, es zu benutzen.«

»Es zu benutzen, um was zu tun? Um Menschen in Tiere zu verwandeln? Warum?«, fragte Peter, der verwirrt darüber zu sein schien, warum jemand so etwas tun sollte.

»Weißt du nicht warum?«, surrte Nora. »Gib es zu, du fühlst dich mächtiger. Du kannst besser sehen. Besser hören. Dein menschliches Ich hätte dem Vulkan niemals entfliehen können.«

»Ich werde nicht leugnen, dass es sich gut anfühlt.«

»Nur gut?«, zog Nora ihn auf.

»Okay, mehr«, gab er lachend zu. »Aber diese Art von Magie ... es ist ausgeschlossen, dass die Schatulle sie unbegrenzt ausführen kann. Sie muss irgendeine Art Batterie oder Akku haben.«

»Was, wenn es nicht so ist? Was, wenn Svetlana und ihre Großmutter entkommen sind und beginnen, diesen Nutzen zu verkaufen?«

»Wie kann es schlecht sein, wenn es mehr von uns gibt?«, fragte Zach.

»Die Geschichten zeigen, wie die Magie in beide Richtungen funktioniert. Was, wenn sie Gestaltwandlern ihre Fähigkeit auch nehmen kann?«

Ein unheilvoller Gedanke, der Zachs Sorge über einen möglichen blinden Passagier überschattete.

Während er flog, erklärte Nora Peter, was es bedeutete, ein Gestaltwandler zu sein. Die Regeln. Die Vorzüge. Die Nachteile. Zach sagte kein Wort, als Nora Peter erzählte, dass er einmal im Jahr bei einem Tierarzt vorstellig werden müsse, um seine Impfungen zu bekommen und sich die Analdrüsen ausdrücken zu lassen.

Das stimmte nicht, aber es war etwas, mit dem die Älteren die Jüngeren gern aufzogen. Ein Erwachsenwerden für viele. Peter war nur älter als die meisten.

Als er begann, sich über all die Regeln zu

beschweren, bot Nora ihm an, die kleinste Violine der Welt zu spielen, woraufhin Peter lachte und sagte: »Wag es bloß nicht.«

Ihr Flirten war gleichzeitig süß und nervig. Zach tat sein Bestes, es zusammen mit den gelegentlichen Kussgeräuschen zu ignorieren. Wenn sie damit anfingen, konzentrierte er sich auf den Flug und versuchte, den Duft aufzuschlüsseln, der nicht dorthin gehörte.

Während des Hinwegs war er definitiv nicht dort gewesen. Er konnte sich nur vorstellen, dass es – *derjenige* – sich im Lagerbereich versteckt hatte, wo er einen Teil der Ausrüstung verstaut hatte, für den Fall, dass in der russischen Arktis etwas schieflief – was passiert war, und das auf spektakuläre Art und Weise. Es stellte sich heraus, dass zwei weitere Gruppen ebenfalls nach dem Artefakt suchten, auf das sie aus gewesen waren, und in wirklich komödienreifem Timing waren sie alle gleichzeitig in der unterirdischen Höhle aufgetaucht.

Was in ihm folgende Frage aufwarf: »Wer ist zuerst in der Höhle angekommen?«

»Wir«, verkündete Nora. »Dann diese verdammten Menschen. Dann Svetlana und ihre Großmutter.«

»Du hast den Yeti vergessen«, murmelte Peter.

»Den was?«, fragte Zach.

»Als wir in der Höhle ankamen, sind wir auf einen seltenen russischen Yeti getroffen. Wunderschöne Kreatur. Weich, mit silbrig schimmerndem, weißgrauem Fell. Ich habe sie Fluffy getauft.«

»Ich glaube nicht, dass es so etwas wie einen russischen Yeti gibt.«

»Danke. Das habe ich ihr auch gesagt«, warf Peter ein.

»Was war es dann?«, schnaubte Nora.

»Bigfoot«, antwortete Peter.

»Ist das nicht dasselbe?«, gab Zach zurück.

»Nein.« In diesem Punkt schien Nora sich sicher zu sein.

»Ich bin mir ziemlich sicher, dass das Ding und Bigfoot alles dasselbe sind.«

»Yetis haben weißes Fell.«

»Genau wie manche Tiger. Trotzdem gehören sie zur selben Familie.«

Die Diskussion ging weiter und doch lag ein gewisser Schalk darin. Nora, Zachs gelegentliche Partnerin bei Missionen, hatte ihren Gefährten gefunden.

Die Hormone, die von ihr und Peter abstrahlten, waren ablenkend, und anstatt sie einfach auf der Rückbank machen zu lassen, als die Situation sich ein wenig zu sehr aufheizte, unterbrach Zach sie, indem er Fragen über ihre Reise in die Höhle stellte, da sie in unterschiedliche Richtungen gegangen waren – Nora war einem alten Rätsel gefolgt, das sie durch ein verborgenes Tunnelsystem geführt hatte, während Zach den Menschen gefolgt war, die sie gejagt hatten.

Er war niemals froher als in dem Moment, in dem er endlich landen und sie abladen konnte. Er hoffte, dass er sich niemals so dumm verhalten würde. Das Einzige, das je einen so rehäugigen Blick von ihm bekommen sollte, war ein rohes Steak mit Knoblauchbutter. Es gab nur zwei Dinge in seinem Leben, die Zach liebte: Essen und seine Katze.

In dem Moment, in dem sie landeten, sagte er Nora und Peter praktisch, dass sie sich verpissen sollten, aber auf nette Weise, indem er ihnen die Nutzung seines Mietwagens anbot. Er würde sich ein Taxi rufen, das ihn ins Hotel brachte, sobald er mit seinem Papierkram fertig war. Zumindest war es das, was er ihnen erzählte.

Als das frisch verliebte Paar loszog, täuschte er vor, den Helikopter zu kontrollieren, wobei er wartete, bis sie außer Sichtweite waren.

»Du kannst jetzt rauskommen.« Seine Neugier ließ ihn schnüffeln in dem Versuch herauszufinden, wer sich an Bord geschlichen hatte. Er kannte den Geruch nicht und war sich nicht sicher, was er erwarten sollte. Er wusste nur, dass es weder Svetlana noch ihre Großmutter war. Tiger hatten einen eindeutigen Duft. Das Einzige, was er mit Sicherheit sagen konnte, war, dass sein blinder Passagier nicht menschlich war.

»Ich weiß, dass du da drin bist. Komm raus.« Er spähte tiefer hinein, sah aber trotzdem nichts. Konnte er falschliegen?

Gerade, als er persönlich nachsehen wollte, ging ein Rascheln den größten verdammten Augen voraus, die er je gesehen hatte. Sie waren von einem hellen, eisigen Blau. Feine Züge wurden von silberfarbenem und grauem Haar umrahmt, das über ihre nackte Gestalt hing.

Die zierliche Frau – zierlich verglichen mit ihm – blinzelte ihn unter dicken Wimpern hervor an und biss sich auf die Lippe, als wäre sie nervös.

»Wer zum Teufel bist du?«, blaffte er sie an, da er sich von ihrem unschuldigen Gesicht nicht täuschen ließ.

Sie blinzelte nur, als sie unerwartet antwortete: »Fluffy.«

»Äh. Was?« Und vor allem, was zur Hölle war sie? Er roch einmal, dann noch mal, da ihr Duft so seltsam war. Und doch ... vertraut. Hatte er nicht letztens einen Hauch davon in einer Höhle in Russland abbekommen, wo seine letzte Mission danebengegangen war – eine höfliche Art, um auszudrücken, dass die falsche Seite gewonnen hatte?

Sie roch kalt und frisch, wie der Wald im Winter, mit einem kupferartigen Einschlag von etwas anderem.

Blut.

»Du bist verletzt.« Er griff nach ihr, aber sie bleckte die Zähne und zischte.

»Bloß nicht schnippisch werden«, blaffte er. »Zeig mir die Wunde.«

Sie starrte ihn verhalten an. Sie verstand nicht.

Er zeigte es ihr mit Gesten, indem er auf eine Schnittwunde an seinem Arm und dann auf sie zeigte. »Bist du verletzt?«

Ihre Augen wurden groß und sie nickte. Sie schob ihr Haar beiseite, wobei sie mehr von ihrem nackten Körper und die blutende Schussverletzung zeigte.

War sie während der Schießerei in der Höhle gewesen? Wie hatte niemand sie sehen können?

Es sei denn ...

Das konnte nicht sein.

Er musterte sie abermals. »Bist du der Yeti aus der Höhle?«

Sie neigte den Kopf.

»Ich schätze, das kannst du nicht wirklich beantworten.« War es überhaupt möglich? Yetis waren nicht real. Die einzigen affenartigen Gestaltwandler, die er kannte, waren Gorillas, die jedoch wärmeres Klima bevorzugten.

»Ich bin Zach.« Er zeigte auf seine Brust.

Sie lächelte. »Fluffy.«

Fluffy war der Name, den Nora der Bestie gegeben hatte, die sie als Haustier hatte adoptieren wollen. Wäre sie nicht begeistert, wenn sie herausfand, dass ihr neues Haustier beim Einsturz der Höhle nicht ums Leben gekommen war?

Wäre sie nicht umso überraschter, wenn sie erkannte, dass ihr Yeti eine Gestaltwandlerin war? Nora würde sie nicht behalten dürfen. Es gab Gesetze, die den Besitz fühlender Wesen betrafen.

»Was soll ich nur mit dir anfangen?« Er hatte niemanden, auf den er Fluffy abwälzen konnte. Dämlicherweise hatte er Nora und Peter weggeschickt. In diesem Moment festigten sie vermutlich ihre Gefährtenbindung auf der Rückbank des Mietwagens. So viel zur hinterlegten Kaution. Aber erschreckender war der Gedanke, dass sie sich bereitwillig miteinander paarten.

Schauder. Die Vorstellung, ein Leben lang mit derselben Person zusammen zu sein? Niemals. Das einzige andere Wesen, dessen Anwesenheit er unbegrenzt tolerieren konnte, war seine Katze Nefertiti – Neffi. Ein forderndes Perserkätzchen, das zu einer noch herrischeren Katze herangewachsen war. Er ließ sie bei seinem Vater, wenn er geschäftlich die Stadt verlassen musste. Sie hassten einander, was bedeutete, dass sie bei seiner Rückkehr wütend sein würde. Vermutlich würde sie auf sein Kissen pinkeln. Ihre Krallen an der Couch wetzen. Und in ihrem Bett schlafen, nicht bei ihm.

Wahrscheinlich war es am besten, wenn er jetzt eine Bestellung im Markt aufgab, damit er frische Fisch-Leckerbissen hatte, um sich zu entschuldigen.

Fluffy starrte ihn weiter an, als wartete sie auf etwas.

Oh, ja. Was sollte er mit ihr anfangen? Er hatte irgendwie erwartet, dass sie weglaufen würde. War das nicht ihre Vorgehensweise? Warum hatte sie sich in seinem Helikopter versteckt? Hätte sie nicht in den Eisfeldern bleiben sollen, da sie offensichtlich eine Kreatur des kälteren Klimas war?

Die Eisfelder, an deren Zerstörung sie möglicherweise beteiligt gewesen waren.

Scheiße.

Offensichtlich war sie der Zerstörung entflohen und hatte sich an Bord versteckt, indem sie seine Spur zurückverfolgte. Auf dem Hinweg hatte er aus Eile keine Vorsicht walten lassen können, um nicht die zu verlieren, denen er folgte. Das menschliche Söldnerteam hatte sich für Schneemobile entschieden, denen er mühelos folgen konnte. Bei der Landung lag er nur wenige Minuten zurück.

»Ich schätze, ich kann dich nicht hier zurücklassen.« Er seufzte schwer. »Bringen wir dich irgendwo hin, wo es warm ist, damit wir dir etwas zu essen und Klamotten besorgen können.« Er hatte in seinem Leben viel Nacktheit gesehen, und doch lenkte die ihre ihn ab. Sie hatte die Art von Körper, die ihm gefiel; robust, wenn auch ein klein wenig zu schmal. Manche hätten sie im Vergleich zu modernen Idealen vielleicht sogar für dick gehalten.

Zach hingegen empfand die meisten Frauen als zu klein. Niemand wollte bei dem Versuch, jemanden zu küssen, einen steifen Nacken bekommen. Ganz zu schweigen von der Angst, ihnen angesichts seiner Größe wehzutun. Und was war, wenn er einen Partner-Hindernislauf machen wollte? Er brauchte jemanden, der mithalten konnte. Sie hatte anständige Beine und konnte vermutlich ein dreibeiniges Rennen mit ihm machen.

Fluffy war klein verglichen mit Zach, aber größer als die meisten Löwinnen und Menschen, auf die er traf. Sie war über eins achtzig, ihr Körper war schlank, aber stark. Lange Beine und Arme, ein kurzer Oberkörper mit einer leichten Wölbung an der Taille. Und ihre Brüste ...

Hoppla. Er wandte den Blick ab und zog seinen dicken Pullover aus, wobei er sich wünschte, er hätte ein paar mehr mitgebracht. Es warf immer zu viele Fragen auf, wenn man erklären musste, warum man nackt draußen in der Kälte war. Ein Gestaltwandler wusste, dass das passieren konnte.

Und wie erwartet waren sie auf vier pelzigen Beinen aus der zusammenbrechenden Höhle und über das Eisfeld gelaufen. Menschliche Haut wäre durch den aus den Rissen aufsteigenden Dampf beschädigt worden. Durch die Kälte, die an den Füßen schmerzte. Was der Grund war, warum er dafür gesorgt hatte, dass sich eine Tasche mit Klamotten im Helikopter befand.

Er reichte ihr den Pullover. Sie beäugte erst das Kleidungsstück, dann ihn. Sie neigte den Kopf.

»Zieh ihn an.« Er schüttelte ihn.

Sie nahm ihn und begann, damit zu spielen, bevor sie ihn sich über den Kopf zerrte und in Panik verfiel, als sie den Ausschnitt nicht finden konnte.

Er entriss ihr den Pullover, woraufhin sie ihr hektisches Zappeln einstellte.

Er schüttelte den Kopf. »Hast du noch nie zuvor Kleidung getragen?« Er hätte den Pullover liebend gern wieder angezogen. Es war verdammt kalt. »Schau zu.« Er zeigte ihr, wie man ihn überzog, indem er seinen Kopf durch das Loch schob.

Die ganze Zeit musterte sie ihn aufmerksam. Als er ihr das Kleidungsstück erneut reichte, wurde sie nicht panisch, sondern zog es sich einfach über den Kopf und schenkte ihm ein breites Lächeln.

Er musste müde gewesen sein, denn er grinste zurück. »Jetzt die Arme.« Er hob seine und neigte den Kopf.

Sie schaffte es fast sofort, einen durchzufädeln, aber auf der anderen Seite blieb ihre Hand stecken. Sie knurrte und ihre Hand durchdrang den Stoff.

Sie lächelte triumphierend.

»Das ist ein Anfang. Lass uns gehen, Fluffy.« Er zeigte mit dem Daumen in eine Richtung und setzte sich in Bewegung, nur um zu bemerken, dass sie ihm nicht folgte. Sie verblieb im Hubschrauber, wo sie förmlich in seinem Pullover versank.

»Hab keine Angst. Hier draußen ist nichts. Wir kennen den Kerl, dem der Ort hier gehört.«

Dennoch zögerte sie.

Er machte ein paar Schritte zurück, sein Ärger wuchs. Der Drang, »*Beweg dich!*« zu brüllen, kam in ihm auf.

Sie sah verängstigt aus. Vorsichtig. Wenn sie die Eisfelder nicht verlassen hätte, hätte sie vermutlich niemals die Zivilisation gesehen.

Wolfmädchen, das ist die Yeti-Frau. Warum er? Das war eine Sache, die für jeden besser geeignet war als für *ihn* – für jemanden mit Mitgefühl und sanfterer Art.

Außerdem war Geduld nötig, von der er noch nie viel gehabt hatte. Anstatt also nett und freundlich zu sein, blaffte er: »Setz deinen Hintern in Bewegung, Fluffy. Lass uns gehen. Ich habe nicht die ganze verdammte Nacht lang Zeit.«

Kapitel Zwei

Der große Mann brüllte und sie hörte ihren Namen.

Fluffy.

Sie hatte gedacht, dass er sie zurückließ, als er wegging, aber jetzt ragte er über ihr auf. Er war laut und bedeutete ihr, dass sie sich bewegen musste.

Sie rutschte nach unten auf den seltsam flachen und glatten Felsen, den größten, den sie je gesehen hatte, der sich rundherum ausbreitete. Er bot einen Platz, an dem der Hubschrauber landen konnte. Sie hatte diese Dinger schon mal gesehen. Sie flogen des Öfteren über das Eisfeld, wobei sie viel Krach machten und ihr Mittagessen verscheuchten.

Sie hatte nie erwartet, dass ihr einer davon das Leben retten könnte. Verletzt und verängstigt wegen der Risse und des dampfenden Felsens, war sie durch einen Geheimgang aus der Höhle geflohen und auf eine faszinierend riechende Spur gestoßen. Sie war ihr zu einem schlafenden Hubschrauber gefolgt, und da sie Verfolger hörte, hatte sie sich darin versteckt.

Sie wäre beinahe abgesprungen, als er vom Boden abhob, aber der kurze Blick auf die sich hebenden Eisplatten änderte ihre Meinung. Sie hatte sich für clever gehalten, bis Zach sie konfrontierte.

Er hatte einen Namen, genau wie die anderen bei ihm. Sie hatte ihnen beim Reden zugehört, sogar ihr Name war ein paarmal erwähnt worden.

»Zach.«

»Was?«, brummte er und sie verstand, auch wenn sie schneller laufen musste, um ihm zu folgen. Er war groß. *Sehr* groß. Wie ein Bär, nur dass er keiner war. Sie hatte ihn in der Höhle gesehen. Er war eine riesige Katze. Sie erinnerte sich an Katzen, auch wenn sie sich nicht daran erinnerte, jemals eine gesehen zu haben.

Er hatte Haut, die dunkler war als die ihre, und auf seinem Kopf nur Stoppeln. Er hatte einen lebhaften Gang mit lockerer Hüfte, lässig und doch wachsam.

Sie stolperte mehr oder weniger mit. Es war lange Zeit her, dass sie in dieser Gestalt gewesen war. Eine sehr lange Zeit, wegen der Kälte. Wenn sie menschlich war, hatte sie nur steife Felle, in die sie sich wickeln konnte.

Aber sie war nicht immer so gewesen. Sie hatte einmal einen Pullover gehabt, so wie der, den er ihr gegeben hatte. Sie hatte auch diese Dinger an seinen Beinen gehabt, und Fußschutz. All das war bereits vor Ewigkeiten zu Fetzen zerfallen.

Er führte sie zu einem riesigen – *Gebäude?* Das Wort hing in der Luft und sie gab ihm eine Bedeutung, während sie das quadratische Ding mit anderen Formen im Inneren anstarrte. Er öffnete ein Rechteck, das eine Höhle dahinter offenbarte.

Sein Versteck?

Sie trat ein und rümpfte die Nase in Anbetracht der Gerüche. Er schien es nicht zu bemerken und ging zur gegenüberliegenden Seite. Er sprach immer noch und sie stellte fest, dass sie ein paar Worte verstand.

»... Taxi ... Hotel ... Arzt.«

Das letzte Wort weckte das Bild eines Mannes in Weiß, der sie mit etwas Spitzem pikste.

»Nneiiin.« Das Wort brach aus ihr heraus.

Er hielt in seinen Schritten und seinem Gerede

inne, um sie anzusehen. »Also verstehst du ein wenig.«

Die Geräusche hatten eine Bedeutung, gleichzeitig aber auch nicht. Sie ließ die Schultern kreisen.

Er plapperte weiter in seiner Sprache, nur um letzten Endes genervt zu schnauben. »Komm.«

Da sie nichts Besseres zu tun hatte, folgte sie ihm. Er ging in eine kleinere Box. In dem Raum befanden sich seltsam geformte Gegenstände, von denen einer sie dazu verlockte, sich hinzusetzen.

Also tat sie das.

Stuhl. Ein Ding, auf das sie sich setzen konnte. Sieh an, wie sie Namen für Gegenstände erfand.

Sie sah zu, wie Zach hinter ein hüfthohes Objekt ging. Ein Tisch. Er zog die Zungen des Tisches heraus und holte eine Art Schatulle hervor.

Nicht wie ihre Schatulle. Auf dieser befand sich ein rotes X, wie ein Kreuz. Er öffnete die Box und holte ein paar Dinge heraus, wobei sie nicht bemerkte, dass sie für sie bestimmt waren, bis er auf sie zeigte und sagte: »Zeig es mir.«

Ihm was zeigen?

Er kniete sich hin und griff nach dem Pullover. Sie schlug nach seiner Hand.

Er knurrte.

Sie knurrte zurück.

»Ich versuche, mir deine Wunde anzusehen.«

Sie verstand *Wunde*. Aber sie wusste nicht, wie er plante zu helfen. Würde er sie für sie lecken, da sie die Stelle nicht erreichen konnte?

Sie zog ihren Pullover hoch und zeigte ihm die blutende Verletzung.

Er schnalzte mit der Zunge, während er darüberwischte.

Sie zischte.

»Sei kein Baby.«

Sie kannte *Baby* und runzelte die Stirn.

Er tupfte und prüfte weiter. »Die Kugel ist immer noch drin.«

Sie betrachtete das Loch und sah die Kante des Dings.

In ihr!

Plötzlich panisch, vergrub sie ihre Finger in dem Loch, schnappte aufgrund der Schmerzen nach Luft, holte den Gegenstand jedoch heraus, zusammen mit dem dahinter gestauten Blut.

»Raus«, sagte sie.

»Na ja, das ist eine Art, es zu tun«, murmelte er, während er das weiße Tuch auf ihre Haut presste. Es wurde schnell rot. Er nahm ein weiteres und hielt den Druck aufrecht. Sie versuchte, ihn zu ignorieren.

Es war nicht einfach. Und nicht nur wegen seiner Größe.

Sein Duft lenkte sie ab.

Allein seine Anwesenheit ließ ihr schwindelig werden.

Er wickelte mehr des weißen Zeugs um sie herum, wobei er das größere gefaltete Quadrat festhielt.

Dann trat er zurück und bückte sich, bevor er mit einer großen Box zurückkehrte.

»Fundsachen. Sieh dir an, was sie ...« Bla, bla. Er redete, aber sie schenkte ihm nur wenig Aufmerksamkeit. Sie war mehr daran interessiert, was er herauszog. Weitere Pullover. Manche für den Kopf. Einige für die Hände. Selbst einen für ihre Beine.

Sie zog die Kleidungsstücke an, welche die strahlendsten Farben hatten, die sie je gesehen hatte – bis auf Blut, das immer sehr rot war. Sie grinste. »Pullover!«

»Nicht ganz, aber es ist ein Anfang«, murmelte er.

Weitere kehlige Geräusche, die sie einfach absorbierte, während sie ihre Pullover anzog und ihr endlich warm wurde.

»Ah.« Sie seufzte.

»Jetzt, wo wir Klamotten haben, muss ich ein

Taxi rufen. Wie gut, dass ich meinen Geldbeutel und mein Handy hiergelassen habe.« Er öffnete eine Tür zu einer weiteren Gebäudehöhle.

Verließ er sie?

Sie sprang von ihrem Stuhl auf und er erstarrte, was bedeutete, dass ihr Schwung sie in seine Arme beförderte.

Er stabilisierte sie. »Hoppla.«

»Zach.« Sie sagte seinen Namen, woraufhin er die Augenbrauen zusammenzog.

Er sprach in diesen seltsamen Geräuschen, die fast eine Bedeutung hatten, dann atmete er lautstark aus. »Meinetwegen. Du kannst mitkommen.«

Sie blieb nahe bei ihm, als er in eine kleine Höhle ging und in clever versteckten Spalten kramte.

Er hob ein paar kleine Objekte hoch, die keinerlei Sinn ergaben. Ein winziges Plastikquadrat. Flatterndes Papier. Er stopfte alles in seinen Beinpullover, der praktische Taschen hatte. Sie sah an ihrem eigenen nach und stellte fest, dass sie zwei davon hatte. Sie würde nach Dingen Ausschau halten, die sie hineinstecken könnte.

Vielleicht das Stäbchen in diesem Becher. Sie nahm es und biss auf das Ende.

Es krachte, woraufhin etwas Feuchtes

herausschoss.

»Verdammt!«

Er nahm ihr das saftige Stäbchen ab. Es tropfte eine dunkle Flüssigkeit heraus. Sie leckte sich die Lippen. Der Geschmack war nicht allzu gut.

Er wedelte damit vor ihr herum. »Keine Stifte essen.«

»Nein.« Sie beäugte das Regal mit weiteren Dingen. Sie zeigte auf ein anderes Stäbchen, das möglicherweise besser schmecken könnte.

»Nein. Wenn du Hunger hast, nimm das hier.«

Er hielt ihr etwas entgegen, das knisterte. Gelb, mit roten und schwarzen Mustern.

»Iss.« Er tat so, als würde er etwas in den Mund nehmen.

Sie schob sich das ganze Ding hinein, was nicht einfach war. Sie musste nach der Hälfte zubeißen und biss sich beinahe auf die Zunge, als sie quietschte.

Die Süße war das pure Vergnügen.

Sie schob es sich ganz in den Mund und kaute. Schnurrte. Kaute weiter. Als es weg war, machte sie sich auf die Suche nach einem weiteren.

Zach hob eines der köstlichen Dinger hoch.

Sie stürzte darauf zu, aber er hielt es außerhalb ihrer Reichweite.

»M-m-mein!«, platzte sie hervor.

»Du kannst es im Taxi haben. Lass uns gehen. Komm.«

Sie kannte *komm*. Aber sie wollte ihren Leckerbissen jetzt haben. Sie sprang von dem Regal mit den eklig schmeckenden Stäbchen, stürzte sich auf seine Hand und schnappte sich das leckere Ding. Dann schoss sie aus dem Loch heraus in die nächste Höhle, dann die nächste. Sie zögerte nur eine Sekunde lang in dem riesigen Raum, bevor sie ein neues Rechteck wählte, das in die Wand eingelassen war. Sie kam wieder auf dem flachen Felsen heraus, der an dieser Stelle weiße und gelbe Linien aufwies. Aber es waren die sie anstrahlenden Lichter mit dem Grummeln eines großen Monsters dahinter, die sie dazu brachten, sich an die Wand zu drücken.

Dort war sie noch immer, als Zach herauskam. Er schien genervt zu sein, sie zu sehen. Er ging direkt an ihr vorbei auf die Bestie zu, die auf dem flachen Felsen schnaubte. Er stieg hinein.

Und plötzlich hatte sie die Vision, bereits einmal in einem gefahren zu sein.

In einem Fahrzeug.

Zach lehnte sich heraus und brummte: »Komm.«

Da sie weit von ihrer Höhle entfernt war, folgte sie ihm.

Kapitel Drei

FLUFFY BERÜHRTE ALLES AUF DER RÜCKBANK. Und nicht nur mit ihren Händen. Er hatte Kleinkinder gekannt, die weniger Dinge ableckten.

Der Taxifahrer beäugte sie ständig über seinen Rückspiegel und seine buschige Monobraue zuckte, als würde sie ihm jede Sekunde über die Stirn krabbeln. Der Fahrer – »*Nennt mich Gerald*« – würde niemandem erzählen, was er sah. Der Mann hatte nicht den Duft eines Gestaltwandlers, aber ... den von etwas anderem. Er war jemand, der nicht bemerkt werden wollte.

»Geht es deiner Freundin gut?«, fragte Gerald mit starkem Akzent.

»Sie ist vom Land.« Zach hielt es einfach.

»Ah.« Denn das erklärte alles, selbst am anderen Ende der Welt. »Wohin?«

Da er keine Wahl hatte, brachte Zach sie in sein Hotel. Nora hatte dort ebenfalls ein Zimmer, in einem anderen Stockwerk.

Ein Arschloch hätte ihre Nacht des Sex unterbrochen und ihr den Yeti aufgedrängt. Dasselbe Arschloch würde vermutlich am nächsten Morgen aufwachen, nur ohne seine Haut. Man sollte sich niemals zwischen eine Löwin und ihren Gefährten stellen. Das war auf einem Level damit, niemals den Pekannusskuchen von Großtante Natalie zu berühren, es sei denn, sie servierte ihn einem auf einem Teller.

Nora hatte Glück, dass er sie mochte. Nicht viele Leute konnten diese Ehre beanspruchen. Aber Nora war gut. Es sollte angemerkt werden, dass er Peter nicht mochte. Oder Fluffy, was das anging. Allerdings war er für sie verantwortlich. Er würde sie in seiner Nähe behalten, bis er sie abgeben konnte.

Brüll. Seine innere Katze freute sich ein wenig zu sehr darüber.

Es ist nur vorübergehend.

Scheinbar hatte sein Löwe andere Vorstellungen. *Behalten.*

Sie ist kein Haustier, egal was Nora sagt.

Dann gab sein Löwe etwas so Schockierendes und Unhöfliches von sich, dass er Fluffy beinahe aus dem Wagen stieß.

Nimm das zurück.

Aber sein Löwe grinste und dachte es erneut. *Gefährtin.*

Das glaube ich nicht.

Feigling.

Er führte immer noch seine innerliche Diskussion, als sie am Hotel ankamen, welches ein altes und heruntergekommenes Gebäude mit den Überresten von ehemaliger Pracht war. Es könnte eine umfangreiche Renovierung gebrauchen. Allerdings war die Privatsphäre nicht zu übertreffen.

»Ooh.« Fluffy presste ihr Gesicht an die Glasscheibe, als wäre es ein Märchenschloss.

Zach bezahlte den Taxifahrer und stieg aus dem Wagen aus. Sie starrte weiter von ihrer Seite aus nach draußen. »Lass uns gehen, Fluffy.«

»Okay«, zwitscherte sie, als sie heraussprang, einen tiefen Atemzug nahm – und würgte.

»Willkommen im Geruch der Zivilisation, Fluffy. Schön ist es nicht.« Er rieb ihr den Rücken, als sie stockend den Atem einsog. Als sie sich aufrichtete, zeigte ihr Gesicht Abneigung.

Er empfand Mitleid. »Du wirst dich nach einer

Weile daran gewöhnen.« Es wurde auffälliger, wenn er von einem Ort zurückkehrte, an den die Menschen nicht wirklich vorgedrungen waren. Er liebte diese großen, offenen Orte.

Als sie sich erholt hatte, sah sie sich um und zeigte auf eine Straßenlaterne. »Sss-sonne.« Sie sprach, als wäre es lange Zeit her gewesen und als müsste ihre Stimme sich noch aufwärmen. Wie lange war sie in dieser Höhle gewesen? Gab es noch andere wie sie?

»Tatsächlich ist das eine Lampe.« Er zeigte auf all die Lichtquellen und wiederholte das Wort, bis sie es auch tat.

Ihre Stirn legte sich in Falten, als würde sie nachdenken, dann blickte sie zu Boden. Kurz darauf auf die Straße mit ihrem Verkehr.

»Stadt«, sagte sie.

»Ja.« Das bedeutete, dass sie sich an ein paar Dinge der modernen Welt erinnerte und sie kannte. Er schätzte ihr Alter irgendwo zwischen Anfang Zwanzig und möglicherweise Anfang Dreißig.

Fit. Scheinbar gesund, mit all ihren Zähnen. Er hatte nur ein paar Narben gesehen.

»Hast du mal in einer Stadt gewohnt?«

Sie rümpfte die Nase. Sie verstand, hatte aber Schwierigkeiten zu antworten.

Bevor sie frustriert werden konnte, unterbrach er sie mit: »Ich habe Hunger. Holen wir uns etwas zu essen.«

Ihr Gesicht begann zu strahlen und sie lächelte, während sie sich den Bauch rieb.

Verdammt, sie war süß, selbst mit ihrem zerzausten Haar. Er schmuggelte sie durch die Seitentür des Hotels, dann gingen sie die Treppe hinauf. Zu dieser Nachtzeit befand sich niemand im Treppenhaus.

Die Stufen waren für sie wundersame Dinge. Sie staunte über sie und sprang ein paarmal auf und ab, bevor sie lachend hinauflief. Auf dem Treppenabsatz im zweiten Stock musste er pfeifen, um sie zurück an seine Seite zu holen.

Sie kam mit geröteten Wangen und zum Teil gelöstem Verband zurück. Darum würde er sich in seinem Zimmer kümmern. Er hatte sich dazu entschieden, sie zu sich zu nehmen, anstatt ein weiteres Zimmer zu buchen. Er war sich nicht sicher, ob man sie allein lassen konnte. Ganz zu schweigen davon, dass nicht viel nötig wäre, um sie zu verschrecken, wenn man bedachte, wie sie sich jedes Mal fluchtbereit versteifte und innehielt, wenn sie ein seltsames Geräusch hörte. Sie durfte ihm nicht weglaufen. Er musste dafür sorgen, dass sie sicher war, bis er sie zum Problem eines anderen machte.

Die Tür des Zimmers 304 öffnete sich mithilfe seiner Schlüsselkarte und sie trat ein, neugierig, aber mit zurückgezogenen Schultern. Sie schlich in den Raum hinein und schnüffelte, wobei sie angespannt war, überraschenderweise jedoch keine Angst zeigte.

Sie bemerkte die ordentlich gemachten Betten – davon gab es zwei, da Zach gern zwischen den Matratzen wählte, wenn er außerhalb übernachtete. Sie fuhr mit den Fingern über die Bettwäsche. Er legte einen Schalter um, woraufhin sich das Licht einschaltete.

Er hätte genauso gut auch eine Bombe zünden können. Fluffy zuckte zusammen. Wäre sie eine Katze gewesen, wären die Krallen herausgekommen. Und tatsächlich wurde ein Teil ihres Fells sichtbar und sie landete auf dem Boden, bevor sie unter das Bett kroch.

»Fluffy?« Was für ein dämlicher Name. Er musste wirklich einen finden, der passender und angemessener war, wie Melanie oder Patricia.

Sie antwortete nicht, also ging er auf ein Knie, hob die Tagesdecke an und spähte darunter. Er sah sie nicht, was ihn überraschte. Er stand auf und blickte zur anderen Seite des Bettes. Nichts. Er kniete sich neben das andere und spähte auch dort darunter. Ebenfalls leer.

Es ergab keinen Sinn. Er warf einen weiteren Blick unter das Bett, unter dem er sie hatte verschwinden sehen. Nur Schatten und doch ... konnte er sie riechen. Als wäre sie direkt vor ihm.

Er griff an eine scheinbar leere Stelle und seine Finger trafen auf einen Fußknöchel. Obwohl er sie nicht sah, packte er zu und zog daran.

Das war offensichtlich keine gute Idee, da Fluffy brüllte, sich aufbäumte und das Bett in die Luft schleuderte, das prompt wieder auf dem Boden landete.

Er musterte die Katastrophe, dann sie. Er schüttelte einen Finger und sagte: »Böse. Böse, Fluffy.«

Anstatt zerknirscht zu wirken, betrachtete sie ihren Knöchel und dann ihn, wobei sie eine Augenbraue hochzog.

Er verstand die Bedeutung. »Nicht berühren?« Er nickte. »Na gut. Ich werde dich nicht berühren, aber du musst auf mich hören. Du darfst dich nicht unter dem Bett verstecken.«

»Bett.« Sie sprach das Wort aus und runzelte die Stirn, dann beäugte sie das, welches sie zerstört hatte. Sie zeigte darauf. »Bett.«

»Ja. Und es gehört dir, da du es kaputt gemacht

hast.« Er ging zu dem verbogenen Gestell und hob es hoch. Diesmal war er damit an der Reihe, die Augenbrauen hochzuziehen, damit sie sich bewegte. Er stellte das Gestell an seinen Platz. Es war verzogen, würde die Matratze aber dennoch halten. Er warf sie darauf, dann die Decken. Die Kissen hingegen schleuderte er Fluffy entgegen.

Das erste traf sie, woraufhin sie überrascht aufschrie, nur um zu bemerken, dass es nicht wehtat. Sie lachte, als das zweite sie erwischte, und grinste ihn an.

Ein süßes Lächeln, das ihn hätte warnen sollen. Sie feuerte ein Kissen zurück, welches er fing. Aber anstatt das zweite zu werfen, holte sie damit aus.

Er ließ sich davon treffen, dann erwiderte er die Handlung. Er schlug sie mit dem weichen Kissen, aber ihre Reichweite war besser als erwartet. Schneller war sie auch. Sie erwischte ihn mit voller Kraft und der Kissenbezug explodierte.

Es regnete Federn, woraufhin ihr die Kinnlade herunterfiel, jedoch auf ehrfürchtige Art. Sie lachte, während sie versuchte, die fallenden Daunen zu fangen.

Beinahe hätte er sich ihr angeschlossen. Die Euphorie erfüllte ihn immer noch. Er hatte seit seiner Kindheit keine Kissenschlacht mehr gemacht.

Der Anblick des Chaos erinnerte ihn daran, warum seine Mutter immer gebrüllt hatte.

»Scheiße.«

»Scheiße«, wiederholte sie.

Er stutzte. »Wiederhol nicht alles, was aus meinem Mund kommt.«

»Mund.« Ihr Blick landete darauf und sein Verstand versuchte, an einen gänzlich unangemessenen Ort zu wandern. Er zügelte sich.

»Hast du dich jetzt beruhigt?« Sie schien nicht länger aufgeregt zu sein und ihr Fell war wieder verschwunden.

Sie blickte von ihm zu der leuchtenden Lampe auf. »Licht?«, fragte sie.

»Ja, Licht.«

»Essen?«, sagte sie, während sie sich umsah.

»Noch nicht. Ich muss den Zimmerservice bestellen.« Das Rudel, für das er arbeitete, würde die Kosten übernehmen. Die Speisekarte lag neben dem Telefon und war in vier Sprachen übersetzt. Er gab eine riesige Bestellung auf. Ein klein wenig von allem, da er keine Ahnung hatte, was sie mochte. Was aßen Yetis? Er hätte nie gedacht, dass sie wirklich existierten.

War sie der einzige?

Und welche Fähigkeiten hatte sie, abgesehen

von viel Fell und Kraft? Unter dem Bett war es gewesen, als hätte sie sich getarnt, um nicht aufzufallen. Sie war praktisch unsichtbar geworden, was, sofern es der Spezies eigen war, erklären könnte, warum es noch keine wirklichen Begegnungen mit Yetis gegeben hatte – bis auf die angeblichen Sichtungen, die per Kamera aufgezeichnet worden waren.

Nachdem er fast alles von der Speisekarte bestellt und das Küchenpersonal bestochen hatte, damit es schnell serviert wurde, erlaubte er ihr, den Raum zu erkunden. Ihre Miene war nachdenklich, während sie mit den Fingerspitzen über jede Oberfläche fuhr.

Über fast jede Oberfläche. Sie hatte ihn nicht berührt. Sie hatte ihn kaum angesehen. Das wusste er, da er sie überdeutlich wahrnahm. Selbst als er auf den Balkon hinaustrat, hielt er ein Auge auf sie gerichtet.

Er nutzte die Privatsphäre, um seinen Boss anzurufen. Dem gegrummelten »Hallo« nach zu urteilen hatte er Hayder, den Beta des Rudels, aufgeweckt. Es kam ihm nie in den Sinn, vorher die unterschiedlichen Zeitzonen in Betracht zu ziehen. Ihm war jedoch gesagt worden, er solle so schnell wie möglich Bericht erstatten. In der Luft hatte er eine kurze

Nachricht geschickt. Jetzt war es an der Zeit für die vollen Details.

»Hey, Boss. Ich bin's.«

»Du hast dir ganz schön Zeit gelassen mit deinem Anruf. Ich warte schon, seit Nora sich gemeldet hat. Dabei bin ich wohl eingeschlafen.«

»Mir sind ein paar unerwartete Probleme begegnet.« Und dann, weil er niemand war, der Dinge in die Länge zog, fügte er hinzu: »Ich glaube, ich habe einen Yeti gefunden.«

Totenstille.

»Könntest du das wiederholen?«, bat Hayder.

»Du hast mich richtig gehört. Ich habe einen Yeti. Oder etwas in der Art. Bei mir. Sie hat sich während unserer Flucht vor dem Vulkan im Hubschrauber versteckt.«

»Noch ein Yeti?«, rief sein Boss aus. »Nora hat mir von dem erzählt, der in der Höhle gestorben ist. Wie viele gab es da draußen?«

»Eigentlich glaube ich, es ist derselbe.«

»Wo bist du gerade?«

»Im Hotel.«

»Du hast einen Yeti ins Hotel gebracht?«, brüllte Hayder förmlich.

»Ja, aber sie ist kein Yeti mehr. Sie ist ein Mädchen. Eine Frau«, korrigierte er.

Erneute Stille. »Du hast eine Frau in dein Hotelzimmer gebracht?«

»Ich glaube, das Wichtigere hier ist die Tatsache, dass sie eine Gestaltwandlerin ist.«

»Was die Wichtigkeit angeht, bin ich anderer Ansicht. Du hast eine Frau in dein Zimmer gebracht.«

Das war nichts, das Zach oft tat, und Hayder musste es wissen, da sie sich auf dem College ein Zimmer geteilt hatten. »Es gibt zwei Betten.«

»Warum besorgst du ihr kein daran angeschlossenes Zimmer?«

»Bei ihr besteht Fluchtgefahr.«

»Sieh einer an, wie du dir Ausreden einfallen lässt, um eine Pyjamaparty zu veranstalten.«

»Wenn du sie getroffen hättest, würdest du das nicht einmal andeuten.«

»Ist sie unattraktiv?«

»Nein!« Das rief er ein wenig zu erregt aus.

»Zu jung?«

»Nein, sie ist mindestens Anfang Zwanzig. Aber sie ist ...« Zach suchte nach dem richtigen Wort. »Naiv.« Er würde sie niemals ausnutzen.

»Kann sie kommunizieren?«

»Ein wenig. Ich denke, dass sie nicht immer in einer Höhle gelebt hat, aber das muss lange Zeit her sein. Sie hat sich ein wenig zurückentwickelt. Sie wird viel Hilfe brauchen.«

»Die Art von Hilfe, die wir ihr nur hier bieten können.« *Hier* bedeutete zu Hause in den Vereinigten Staaten. Der genaue Ort hinge davon ab, was sie brauchte.

»Außerdem braucht sie einen Arzt, der eine Schussverletzung behandelt. Sie hat die Kugel rausgeholt und ich habe die Wunde bestmöglich gesäubert.«

»Sie hat sie rausgeholt?«, wiederholte Hayder. »Verdammt. Okay. Äh, mir fehlen die Worte, aber ich schlage vor, dass du Kleber oder Klebeband suchst. Denn ich weiß nicht, wen ich bei einer so heiklen Situation anrufen soll. Du bist irgendwie weit von zu Hause und unseren üblichen Ressourcen entfernt.«

»Ach was.«

»Wenn sie heilt wie wir, dann sollte es reichen, wenn die Wunde ein paar Stunden lang davor bewahrt wird aufzureißen.«

»Ich werde sehen, was ich finden kann.« Ein in Fetzen gerissenes und fest darumgebundenes Laken sollte funktionieren.

»Bist du sicher, dass sie ein Yeti ist?« Zach zuckte

angesichts der skeptischen Frage die Achseln, obwohl Hayder ihn nicht sehen konnte.

»Vielleicht? Ich weiß es nicht mit Sicherheit. Sie ist auf jeden Fall pelzig und schlaksig wie ein Yeti. Sie läuft auf zwei Beinen. Ich glaube, sie ist intelligent, und wenn sie verwandelt ist, sieht sie aus wie eine silberhaarige Version von Harry aus *Bigfoot und die Hendersons*.«

»Von all dem seltsamen Mist, der passieren kann«, murmelte Hayder. »Ich werde mit Arik darüber sprechen müssen.« Arik war der König des Rudels.

»Wie lange wird es dauern, bis du ihretwegen jemanden schicken kannst?« Er wollte, dass sie das Problem eines anderen wurde.

»Diesbezüglich werde ich mich noch mal bei dir melden müssen.«

»Wie lange?«

»So lange es eben dauert. Das ist eine etwas knifflige Situation.«

»Weil sie vielleicht den Russen gehört.«

»Zum Teil. Aber vergiss nicht, sie war mit dem Artefakt in der Höhle. Mit dem Artefakt, das Peter verwandelt hat. Vielleicht hat sie es bewacht.«

»Du denkst, sie hat Antworten in Bezug auf

seine Position?« Er konnte seine Skepsis nicht verbergen.

»Nein, aber vielleicht kann sie uns mehr darüber erzählen, was es tun kann, oder ob es möglich ist, es zu vernichten.«

»Soll Fluffy uns einen Gegenzauber geben?« Er prustete, als er sie auf dem Boden sah, wo sie am Teppich roch.

»Wir wissen nicht, was sie uns sagen kann. Das bedeutet also für den Moment, dass du in ihrer Nähe bleibst und ihre Existenz verbirgst.«

»Hmpf.« Er hielt es nicht zurück.

Hayder lachte. »So schlimm kann es nicht sein.«

Jemand klopfte an die Zimmertür. Fluffy erschrak und zog sich unter sein intaktes Bett zurück.

Er seufzte. »Ich werde sie aus Schwierigkeiten heraushalten.«

»Nicht nur sie. Halte Ausschau nach weiteren dieser menschlichen Söldner. Da ihre Informationen bisher unheimlich genau waren, könnten sie auf sie aufmerksam werden.«

»Wenn irgendjemand versucht, sie anzurühren, werde ich mich darum kümmern.« Aber er musste sich fragen, wie viele Menschen die Rivalität in den Tod schicken würde. Angesichts der Zahl, die sie bereits ausgeschaltet hatten? Scheinbar eine niemals endende Zufuhr.

Zach öffnete die Tür und balancierte sein Handy, um den draußen abgestellten Essenswagen hineinzurollen. Die Rezeption war bereits dazu angewiesen, ihm alle Ausgaben mit einem Trinkgeld von fünfundzwanzig Prozent in Rechnung zu stellen. Er bekam immer hervorragenden Service.

Sein Boss war noch nicht fertig. »Wir müssen diese Schatulle finden, Zach. Wenn du sie dazu bringen kannst, dir irgendetwas zu erzählen ...«

»Ja, das werden wir sehen. Sie spricht noch nicht viel.« Aber er sah immer wieder Hinweise auf verwirrtes Verständnis. Er hatte das Gefühl, dass ihr die Zivilisation helfen würde.

»Wir bleiben in Kontakt.«

»Jup.« Zach legte sein Handy weg und begann, die Tabletts mit den Speisen auf den Tisch zu stellen. Sobald er dessen Oberfläche bedeckt hatte, ging er in die Hocke, hob die Decke hoch und sah Teppich, auf dem reichlich Staubmäuse verteilt waren. Keine Fluffy. Aber auch diesmal konnte er sie riechen.

»Hör auf, dich zu verstecken. Ich weiß, dass du da bist.« Als sie nicht erschien, knurrte er. Es war ein nachdrückliches Geräusch, das sie dazu brachte, schimmernd wieder in Erscheinung zu treten – was bedeutete, dass die Fähigkeit, sich unsichtbar zu machen, wie mit einem Schalter aktiviert werden konnte.

Das war so verdammt cool.

Sie blinzelte ihn mit großen Augen an, voller Unschuld und Angst.

Er würde nicht nachgeben. »Komm unter dem Bett hervor. Sofort. Und wage es nicht, es zu zerstören, wie du es mit deinem getan hast!« Er wackelte mit dem Finger.

Sie bewegte sich schnell genug, um in seine Fingerspitze zu zwicken, bevor sie auf der anderen Seite herausglitt.

Er blinzelte. Na scheiße. Er hatte noch nie gesehen, wie sich jemand – oder etwas – so schnell bewegte.

Fluffy nutzte diese Geschwindigkeit, um sich der soeben servierten Mahlzeit zu widmen, wobei sie an einem der Deckel roch, bevor sie ihn hochhob und sich auf das Erste stürzte, was sie sah. Die Handvoll Pommes landete in ihrem Mund und ihre andere Hand hielt noch mehr davon fest.

»Du lässt mir besser etwas davon übrig.«

Kapitel Vier

Zach schloss sich ihr an und erwartete scheinbar von ihr, dass sie mit ihm teilte. Sie wollte nicht mit ihm teilen. Das Erste, was sie nahm und sich in den Mund schob, weil es so gut roch, schmeckte noch besser. Salzig. Knusprig.

Pommes. Ihr Verstand nannte ihr den Namen. Die Veränderung ihrer Umgebung war gleichzeitig erschreckend neu und vertraut. Je mehr sie sah und erfuhr, desto mehr war es, als würde sich ihr Verstand entriegeln. Die Dinge kehrten langsam zu ihr zurück.

Wenn sie jetzt noch ihren Instinkt abschalten könnte, zu fliehen oder sich zu verstecken. Er spannte sich in ihr an, zuckend und ruhelos. Sie befand sich an einem sicheren Ort; sie sollte nicht so schreckhaft sein. Und doch versteckte sie sich immer wieder.

Es machte Zach so wütend. Was Teil des Grundes war, warum sie diese knusprigen, leckeren Stäbchen vor ihm zurückhielt. Sie wollte sie wirklich allein für sich haben. Sie waren köstlich.

Sie schlug nach seiner Hand, als er nach einem greifen wollte. Als sie nicht teilte, zog er eine Augenbraue hoch und hob einen Metalldeckel an, unter dem sich ein ... ein ... ihr Verstand stotterte, bevor er damit hervorplatzte – *Burger* befand!

Sie stürzte sich darauf, genau wie er es tat. Sie schaffte es nur, ein Stück davon abzureißen, bevor er ihn sich an den Mund führte.

Er nahm einen Bissen und kaute genussvoll.

Vielleicht sabberte sie ein wenig.

Er hatte kein Mitleid und teilte auch nicht.

Sie betrachtete ihn finster, bevor sie sich anderen Gerichten widmete. Sie entdeckte eine dampfende Schüssel mit etwas, das sie schluckte und schlürfte, als sie es in ihren Mund kippte, den sie jedoch zum Teil verpasste, da sie die Schüssel zu stark neigte, woraufhin es ihr über das Gesicht lief und in den Schoß tropfte.

Erst als sie fertig war, sah sie, wie er sie anstarrte. Sie wischte sich den Mund ab.

Er verzog das Gesicht.

Sie bemerkte, dass er sein Essen nicht trug. Außerdem wischte er sich hin und wieder mit dem weißen Stoffquadrat ab, das in seinem Schoß lag.

Noch seltsamer war, dass er ... langsam aß. Anstatt schnell zu schlucken, nahm er sich Zeit, um zu kauen. Und zu kauen. Für einen Teil des Essens benutzte er seine Finger, für andere Dinge wählte er ein zackiges Metallding. Was die Flüssigkeit in der Schüssel anging, benutzte er ein rundes Ding mit Griff daran. Es war gebogen und hielt die Suppe, als er sie an seinen Mund führte und in kleinen Portionen aß.

Ihr erschien es unpraktisch. Sie hob die Schüssel hoch und trank noch mehr. Aber diesmal ließ sie nichts davon über ihr Gesicht laufen.

Als sie sie wieder abstellte, gab es kein Essen mehr, woraufhin ihr Bauch zu protestieren begann. Nicht aus Hunger, es war mehr wie sensorische Freude. Sie aß überwiegend Fisch. Rotes Fleisch, je nach dem, was sie jagen konnte. Und es war alles roh. Von diesem Essen hier jedoch wusste sie, dass es gekocht war. Das machte es knusprig und lecker.

Kochen, ein Begriff, der so viele Bilder heraufbeschwor. Kuchen. Kekse. Steak. Braten. Eine Welle verschiedener Gerichte durchflutete ihr Gehirn.

Sie begann zu benennen, was sie gegessen hatten. »Burger. Pommes. Suppe. Toast.« Sie nahm ein kleines Behältnis aus Plastik und biss hinein, wodurch etwas Salziges, Köstliches und Cremiges freigesetzt wurde. »Erdnussbutter!« Ambrosia, die sie aus der Verpackung saugte, bevor sie sich auf die nächste stürzte. In dieser befand sich Marmelade. Sie vermischte die letzten zwei und war gerade fertig damit, sie auszulecken, als Zach von seinem Stuhl aufstand und zur Tür ging. Sie umklammerte die Armlehne, als er sie öffnete und ein weiteres Tablett hereinbrachte. Ihre Miene hellte sich auf.

»Mehr.«

Diesmal benannte er das Essen für sie, als er ihr die Teller und Schüsseln zeigte. Sie erkannte Pizza und Hähnchenflügel. Außerdem hatte er eine Schüssel mit grünem Zeug, das mit weißer Creme und knusprigen Stücken gemischt war.

Ihr schmeckte alles, bis auf die Blätter. Die spuckte sie aus. »Igitt.«

»Das ist Salat.«

»Mag nicht.« Sie griff nach mehr Fleisch.

»Verständlich.«

Sie verstand ihn und erstarrte, während sie langsam weiterkaute.

Er redete weiter. »Normalerweise esse ich nicht

so. Ich bin mehr der Typ für Proteinshakes und wenig Kohlenhydrate, es sei denn, ich trage mein Fell. Dann muss ich essen. Und zwar viel.«

»Essen.« Sie nickte zustimmend. Sie hatte jeden Tag gejagt und dafür gesorgt, dass sie immer eine Reserve hatte, für den Fall, dass sie Hunger bekam.

»Du brauchst einen Namen.«

»Fluffy.« Der Name machte sie glücklich. Es war ein schönes Wort. Das wusste sie. Sie wollte es umarmen.

»Nein, wir können dich nicht Fluffy nennen. Das ist erniedrigend. Du musst einen Namen haben. Jane?«

Sie rümpfte die Nase. Dieses Wort machte sie nicht glücklich.

»Sarah? Melanie? Joleene? Betty? Abigail?« Er zählte weitere Namen auf, aber sie schüttelte jedes Mal den Kopf.

Schließlich platzte sie hervor: »Fluffy.« Zusätzlich lächelte sie noch.

Er seufzte. Das tat er recht oft.

»Meinetwegen. Für den Moment bleiben wir bei Fluffy. Aber wenn du es dir anders überlegst ...«

Als auch diese Mahlzeit gegessen war, zeigte er auf sie. »Lass mich deine Wunde sehen. Ich hätte sie mir ansehen sollen, bevor wir gegessen haben.«

Sie sah nach unten. »Aua ist weg.«

»Was meinst du mit weg?«

Sie hob ihren Pullover an und zeigte ihm, wie die Wunde begonnen hatte zu heilen, nachdem sie den seltsamen Gegenstand herausgeholt hatte.

»Es heilt schön ab. Gut.«

»Gut«, stimmte sie zu. Sie war nicht glücklich darüber, verletzt worden zu sein. Diese bösen Männer waren in ihre Höhle gekommen und hatten mit vielen lauten Dingern geschossen.

»Du verstehst mich ein wenig, oder?«

Sie ließ die Schultern kreisen.

»Weißt du von der Schatulle und dem Schlüssel?«

Ja, sie wusste es. Sie presste ihre Lippen aufeinander. »Verschwunden.«

»Ja, verschwunden.«

Sie hatte eine Aufgabe gehabt. Sie hatte versagt. Sie hatte zugelassen, dass die Schatulle gestohlen wurde. »Ich finden.«

»Du kannst sie finden?« Er neigte den Kopf.

Sie nickte. Ja, sie konnte sie aufspüren. Selbst jetzt spürte sie, wie sie an ihr zog. Wie sie von ihr verlangte, dass sie sie beschützte.

»Wo ist sie?«, fragte er.

Sie stand auf und drehte sich, bis sie mit ihrer Hand in eine Richtung zeigte.

»Ich folge nicht deinem ausgestreckten Finger.«

Sie betrachtete ihn mit gerunzelter Stirn. »Finden.« Verstand er nicht, dass sie einfach nur in diese Richtung gehen mussten?

»Ich brauche eine Adresse, Fluffy. Wenigstens den Namen einer Stadt.«

Sie verstand nicht.

Und schon wieder machte er dieses schnaubende Geräusch.

Er zeigte mit seinem Finger. »Bett. Zeit zu schlafen.«

Schlafen? Aber sie war zu aufgeregt. Zu ... alles. »Nein.«

Er schürzte die Lippen, als wollte er sie zurechtweisen, dann wurde seine Miene heller, als erinnerte er sich an etwas.

»Musst du, äh, dein Geschäft verrichten?« Sein Blick landete auf dem Boden.

Geschäft verrichten? Meinte er hocken?

Tatsächlich musste sie das. Sie ging in die Hocke, woraufhin er brüllte: »Nein!«

Sie hielt es zurück und musterte ihn.

»Wenn du dein Geschäft verrichten musst, benutze die Toilette.« Er deutete mit seiner Hand in eine Richtung. Neugierig folgte sie ihm in einen seltsamen, kleinen Raum mit einem weißen Steinbecken voller Wasser, einem Stein und winzigen Flaschen daneben, die einen starken Geruch verströmten.

Er zeigte darauf. »Toilette. Verrichte hier dein Geschäft.« Er ging und schloss die Tür.

Sie verfiel in dem kleinen Raum beinahe in Panik. Sie griff nach der Türklinke, bereit dazu, sie aufzureißen. Aber dann wäre Zach wütend. Genau wie er wütend war, dass sie beinahe uriniert hätte. Sie verstand nicht warum. Er war derjenige, der gefragt hatte.

Sie beäugte die mit Wasser gefüllte Senke.

Toilette.

Aus irgendeinem Grund dachte sie, das Ding sei dazu bestimmt, darauf zu sitzen, um sich seiner Fäkalien zu entledigen. Verrückt. Wenn sie sich setzte, konnte sie nicht sehen, wenn sich etwas an sie heranpirschte. Es gab Dinge mit scharfen Zähnen im Wasser.

Sie hockte sich über das Loch und erledigte ihr Geschäft. Dann wünschte sie sich, sie hätte es zuerst benutzt, um sich zu waschen.

Sie schnupperte. Ihr Duft würde ihre Beute verjagen.

»Bist du fertig?«, rief Zach von der anderen Seite

der Tür.

Ein weiteres Wort, das sie kannte. »Fertig.« Er kam herein, sah das gelbe Wasser und streckte einen Finger aus. »Spülen.«

»Spülen.«

»So«, sagte er, als er an einem Hebel an der Toilette zog. Ein lautes Geräusch ertönte und ihr Urin verschwand.

Noch faszinierender war, dass sich die Toilette mit frischem Wasser füllte.

»Sauber.« Sie stürzte sich darauf und wollte sich gerade das Gesicht waschen, als er ihre Handgelenke festhielt.

»Nicht mit Toilettenwasser. Du wäschst dir die Hände im Waschbecken.« Er zeigte ihr, wie man das Steinbecken füllte und wieder leerte. Dann reichte er ihr ein kleines, seltsames und quadratisches Stück Fell. Er nannte es *Waschlappen*.

Er hielt selbst einen in der Hand und nachdem er ihn nass gemacht hatte, fuhr er sich damit über sein Gesicht.

Sie tat dasselbe und spürte, wie es ihre Haut erfrischte. Schrubben, abwaschen. Sie wusch ihr Gesicht und ihre Beine. Dann zog sie den Stoff aus, der sie warm hielt, damit sie den Rest von sich waschen konnte.

Er starrte.

Es machte Dinge mit ihrem Körper. Besonders mit ihren Brustwarzen und zwischen ihren Beinen.

Sie lächelte ihn an. Sie kannte dieses Gefühl. Das brünstige Verlangen.

Sie ließ den Lappen fallen.

Er hielt seinen Blick auf ihr Gesicht gerichtet. »Denk daran, Nacktheit ist nur dann angemessen, wenn du an einem privaten Ort bist. Diejenigen außerhalb dieses Raumes werden vielleicht nicht allzu positiv reagieren, wenn du all deine Klamotten auszieht.«

Sie verstand, tat es aber auch nicht. »Körper.« Sie betrachtete ihre Gestalt, entdeckte das Blut, das noch immer an ihrer Seite klebte, und schrubbte daran.

Er hielt ihre Hände fest und zog sie von der pinkfarbenen, hervortretenden Haut weg.

»Heilige Scheiße. Das ist schnell verheilt.«

Das tat es immer, es sei denn, es blieb etwas von einem Angriff zurück.

»Lass uns dir ein T-Shirt fürs Bett anziehen.« Er ging und sie folgte ihm, wobei sie den Stoff annahm, den er ihr entgegenstreckte. Als sie ihn anzog, reichte er ihr bis zu den Oberschenkeln. Ihre Beine blieben nackt, aber es war bequem. Es roch nach ihm.

»Schlafenszeit«, sagte er mit einer Geste zu ihrem Bett.

Es stand etwas schief da, aber sie kletterte hinein und genoss das weiche Gefühl.

Erneut gab er ein Seufzen von sich. »Die meisten Leute benutzen eine Decke.« Er legte Stoff über sie.

Er bedeckte sie auf angenehme Weise. Seit Ewigkeiten war sie nicht mehr so warm und trocken gewesen. Die Schlote in der Höhle gaben eine feuchte Hitze von sich, die sie zittern ließ und ihr ein klammes Gefühl gab.

»Vorwarnung, es wird dunkel werden, da ich das Licht ausschalte.«

»Okay.« Das Wort verließ ihren Mund, als sie sich in das Kissen kuschelte.

Selbst mit geschlossenen Augen bemerkte sie das schwindende Licht. Sie zuckte nicht zusammen.

»Zach?« Sie murmelte seinen Namen.

»Was ist, Fluffy?«

»Gute Nacht.« Die Worte kamen ihr über die Lippen und es entstand eine Pause, bevor er antwortete.

»Nacht. Schlaf gut.«

Das tat sie, friedlich und ruhig. Sie befand sich gerade in einem Traumland, das aus Pommes bestand, als ihre Ruhe jäh gestört wurde.

Kapitel Fünf

Zach erwachte, als sich die Tür zu seinem Zimmer öffnete. Jemand wollte sich hereinschleichen.

Er sprang aus dem Bett, aber Fluffy war schneller. Sie sprang vor den Eindringling und wurde pelzig, während sie sein *Rasieren ist für Hunde*-Hemd trug.

Die Augen des Zimmermädchens weiteten sich vor Überraschung. Sie warf ihren Armvoll frischer Handtücher in Fluffys Gesicht. Der Yeti brüllte. Es war die Art Geräusch, die versprach, dass jemand sterben würde.

Zach rief: »Friss sie nicht.« Rückblickend hätte er wohl etwas anderes sagen sollen.

Das Zimmermädchen floh und als Fluffy ihr folgen wollte, knurrte er: »Nein.«

Was für ein Start in den Tag, und das, bevor er überhaupt einen Smoothie getrunken hatte. Er stand auf und ging auf den erstarrten Yeti zu. Er konnte das Zimmermädchen im Flur hören, wo es wie ein Maschinengewehr auf Russisch in das Walkie-Talkie sprach.

Er packte Fluffy an den Händen, deren Innenflächen weicher waren als erwartet. »Du kannst hier kein Yeti sein. Verwandle dich wieder zurück. Sofort.«

Sie starrte ihn an.

»Verdammt.« Zach rieb sich das Gesicht. »Wir müssen weg von hier, bevor sie mit dem Sicherheitsdienst zurückkommt.« Es war gut, dass er bereits fast alles gepackt hatte. Er zog sich Hemd und Schuhe an, dann sah er sie an. Bei all dem Fell könnte ihr vielleicht seine Hose passen. Und er hatte eine Mütze.

Er verschwendete kostbare Zeit damit, sie dazu zu bringen, beides anzuziehen. Sie weigerte sich, etwas anderes zu tragen als das ausgeleierte Hemd.

Im Flur war es still, aber war es still genug, um nicht einen großen, zotteligen Yeti zu bemerken, der ihm folgte? Wie viel würde es das Rudel kosten, die

Aufnahmen zu diskreditieren, falls die Überwachungskameras ihn erwischten?

Hayder wäre wütend. Er hatte Zach angewiesen, sich bedeckt zu halten. Aber zu seiner Verteidigung musste gesagt werden, es war noch nicht einmal acht Uhr morgens. Seit wann kam der Zimmerservice so früh?

Seltsam. Genau wie die Tatsache, dass im Flur kein Wagen zu sehen war. Vielleicht hatte das Zimmermädchen die Handtücher in das falsche Zimmer gebracht. Oder ... jemand versuchte, ihn aufzuscheuchen.

Er blieb ein paar Schritte von der Tür zum Treppenhaus stehen, woraufhin Fluffy mit ihm zusammenstieß.

Er wippte auf seinen Fußsohlen. Irgendetwas fühlte sich nicht richtig an. Wenn er eine Hypothese aufstellen sollte, dann würde er vermuten, dass das Zimmermädchen ein Täuschungsmanöver war, um sicherzugehen, dass sie da waren und um sie aus der Reserve zu locken. Das Zimmer müsste jeder Angreifer einzeln betreten, womit er hätte umgehen können.

»Wir müssen zurück ins Zimmer«, sagte er, als er ein Knarzen auf der anderen Seite der Tür hörte.

»Jetzt«, rief er, als sie sich zu öffnen begann und der Lauf einer Waffe hindurchgesteckt wurde.

Er packte Fluffy und lief los, was der Moment war, in dem sie sich dazu entschloss, wieder in ihre menschliche Gestalt zu wechseln. Ihre langen Beine blitzten auf, während sie flohen.

»Was ist passiert?«, keuchte sie. Ihr Englisch hatte sich seit der vergangenen Nacht stark verbessert. Ein klein wenig Zivilisation und sie begann, sich an Dinge zu erinnern.

»Das Zimmermädchen war ein Köder, um uns nach draußen zu locken.«

Der Aufzug klingelte und öffnete sich in ihrem Stockwerk.

Weitere Waffen. Scheiße. Er zog sie nach unten, als sie feuerten. Er war alles andere als beruhigt von der Tatsache, dass es Pfeile und keine Kugeln waren.

Pfeile bedeuteten Gefangennahme. Der Tod wäre besser.

Anstatt es auf ihre Tür abzusehen, trat er die ihnen am nächsten liegende ein, ohne sich darum zu scheren, ob das Zimmer besetzt war. Sie öffnete sich und in derselben Bewegung zog er sich einen Schuh aus und schleuderte ihn von sich. Knall.

Ein Schütze fiel zu Boden, wobei sein Schuss

danebenging und seinen Partner traf, der die beiden völlig vergaß.

Nur eine kurze Atempause, da die Kerle von der Treppe ihnen näher kamen.

Zach stieß Fluffy in das Zimmer hinein. »Wir müssen klettern.« Sie verstand seine Absicht und ging zum Balkon, wobei sie die Menschen im Bett ignorierte, die sich aufsetzten und schrien.

»Entschuldigung. Wir gehen nur schnell durch«, erklärte er, bevor er sich Fluffy vor der Glasschiebetür anschloss.

Zweites Stockwerk. Da sollte er besser nicht abstürzen.

»Halt dich an mir fest. Ich werde uns nach unten bringen.« Er zog sich seinen anderen Schuh aus und spannte sich an.

Sie musterte ihn und prustete. Das Fell kam heraus und sie kletterte nach unten, flink und mit sicherem Tritt.

Er tat es ihr gleich, noch immer als Mann, wobei er es fast bis ins Erdgeschoss schaffte, als er den Stich spürte.

Ein Pfeil. Keine große Sache. Es waren die anderen fünf, die dazu führten, dass er den Halt verlor und abstürzte.

Er wachte auf …

... in einem Schoß.

In einem teilweise nackten Schoß.

Das wusste er, da seine Wange auf einem nackten Oberschenkel ruhte. Was die Sache anging, zu wem der Schoß gehörte ... das silberfarbene Haar, das über ihm hing, konnte nur Fluffy gehören. Er wusste allerdings nicht, wo sie sich befanden. Er spürte eine eindeutige Kälte. Er konnte ein brummendes Surren hören – das eines Motors.

Hatten diese Kerle mit den Betäubungspistolen sie erwischt?

Er bewegte sich, kam aber nicht weit, da sich der Vorhang aus ihrem Haar teilte und ihn strahlende Augen ansahen.

»Wach.« Fluffy lächelte.

»Wie lange habe ich geschlafen?«, fragte er, wobei er versuchte, sich aufzusetzen und dabei die Klage seiner inneren Katze ignorierte, die sich noch eine Weile länger an die nackte Haut kuscheln wollte.

»Lange«, antwortete sie. »Schlimm.«

Sie waren im Dunkeln, weshalb er einen Moment brauchte, um sich daran zu gewöhnen und ihre Situation zu verstehen.

Sieh nur einer an, wie sie in einem Käfig festsaßen von der Art mit sehr dicken Metallstäben.

Während sie noch immer sein T-Shirt trug, das zugegeben recht lädiert aussah, schien er ziemlich nackt zu sein. Es dauerte nur eine Sekunde, um den Zusammenhang herzustellen. Sie waren im Frachtraum eines Flugzeugs.

»Was zur Hölle ist passiert?«, explodierte er.

Kapitel Sechs

Was passiert war? Fluffy hatte Zach aufgefangen, als er zum denkbar ungünstigsten Zeitpunkt eingeschlafen war. Wer machte schon während eines Angriffs ein Nickerchen?

Sie hatte ihn sich über die Schulter geworfen, ohne eine Vorstellung davon, wohin sie gehen oder was sie tun sollte. Sie tat etwas, worin sie gut war. Sie rannte. Das Problem war jedoch, dass sie sich mit ihm auf dem Rücken nicht tarnen konnte.

Sie zogen die Aufmerksamkeit auf sich, und so sehr sie sich auch bemühte, zu viele Augenpaare sahen zu. Sie konnte sich nicht verstecken. Oh, wie sehr sie es wollte. Die Stadt war ein beängstigender Ort und sie wurde von ein wenig Erleichterung erfüllt, als die

Angreifer sie einholen und mit vielen dieser Schlafdinger auf sie schossen. Sie genoss ein gutes Nickerchen und wünschte sich, sie könnte noch mehr schlafen, da sie mit gefesselten Händen und Füßen auf dem Gehweg aufgewacht war. Sie wurde ein wenig verrückt und brüllte laut genug, um die Toten zu wecken.

Oder in diesem Fall Zach, der mit einem Brüllen aus seiner Benommenheit aufwachte, die Augen blutunterlaufen und mit verwirrter Miene. Er zerriss seine Fesseln, als er sich in seine wunderschöne Katze verwandelte. Trotz seiner vorherigen Ermahnung darüber, keine Menschen zu fressen, hatte er scheinbar keinerlei Probleme damit, diese Regel zu ignorieren.

Was dazu führte, dass die Menschen noch mehr mit dem Schlafzeug auf sie schossen.

Als sie das nächste Mal wach wurde, befand sie sich mit Zach in einem Käfig. Je mehr dieser Droge sie ihr verabreichten, desto weniger wurde sie davon beeinflusst. Auch er schien sich schneller erholt zu haben.

Schnell schüttelte er seine Schläfrigkeit ab. »Hilf mir mal. Wer hat uns gefangen genommen?«

»Menschen.«

»Die haben uns in diesen Käfig gesteckt?«

Sie zuckte die Achseln. »Geschlafen. Nicht gesehen.« Aber ihr Geruch war überall.

»Haben diese Menschen irgendetwas zu dir gesagt, an das du dich erinnerst?«

Sie schüttelte den Kopf.

»Ging es um dieses Artefakt?«

Sie zog die Schultern hoch. Sie hatte keine Ahnung, was sie wollten.

Zach bewegte sich, damit er in der Hocke sitzen konnte. Er streckte die Hände aus, um die Gitterstäbe zu berühren. »Keine Elektrizität, was gut ist. Die schlechte Neuigkeit ist, dass das hier ganz schön massiv ist.« Er befühlte das Metall und testete seine Stärke.

Sie hätte ihm sagen können, dass er sich die Mühe sparen konnte, aber sie machte eine Art Schock durch. Seit sie aufgewacht war, stellte sie fest, dass immer mehr Teile ihrer Erinnerung zurückkehrten.

Sie wusste Dinge. Sie wusste, dass sie im Frachtraum eines Flugzeugs waren. Sie wusste, dass sie eine Frau war. Dass er ein Mann war. Dass sie sich in einem Käfig mit Schloss daran befanden.

Aber trotzdem hatte sie immer noch keine Erinnerung an ihren Namen oder andere Dinge. Wenn es um das Leben ging, begann alles in dieser Höhle.

Aber sie hätte nicht sagen können, in welchem Alter. Manchmal erinnerte sie sich an sich selbst als Kind – verängstigt und gleichzeitig doch unendlich mutig. Dann wechselte sie von diesem sehr jungen Alter zum jetzigen Moment, ohne dass sich etwas dazwischen befand. Als wäre sie über Nacht gewachsen.

Wer bin ich? Sie hatte ein Selbstempfinden, aber nichts, um es zu füllen.

Zach hatte seine Begehung des Käfigs beendet. Es war keine lange Tour.

Er ging vor ihr in die Hocke. »Wir müssen hier raus, bevor wir landen und sie uns wieder schlafen schicken.«

Sie gab ein Geräusch von sich.

»Ja, ich weiß, dass das ein offensichtlicher Plan ist, aber es ist etwas, womit wir arbeiten können.«

»Kein Schlüssel.« Sie merkte das Offensichtliche an.

»Ich brauche nur etwas Spitzes, um das Schloss zu knacken.« Aber so sehr er auch suchte, er fand nichts. Sie konnten diesen Käfig nur verlassen, wenn ihn jemand öffnete.

Sie machte es sich bequem, um zu warten. Er brauchte eine Weile, bevor er sich geschlagen gab und sich ihr anschloss.

»Wir werden einen Weg finden müssen, damit

jemand die Tür öffnet. Vielleicht kannst du sie ablenken, während ich sie außer Gefecht setze.«

Sie prustete.

»Was? Willst du, dass ich sie ablenke, während *du* sie außer Gefecht setzt?« Er zog eine Augenbraue hoch. »Liegt es daran, dass ich nackt bin? Denn ich möchte dich daran erinnern, dass es mein Hemd ist, das du trägst.«

Diesmal zog sie eine Augenbraue hoch.

»Behalte es und spar dir das Ausziehen auf für den Fall, dass meine Ablenkung nicht funktioniert.«

»Wo fliegen wir hin?«, fragte sie.

Der vollständige Satz überraschte ihn. »Du hast deine Sprache wiedergefunden.«

»Erinnere mich an Stücke«, gab sie zu.

»Erinnerst du dich daran, wie du in diese Höhle gekommen bist?«

»Meine Mutter hat mich hingebracht, damit ich sie sehen kann.« Die einzig klare Erinnerung, die sie hatte. Irgendwie. Sie konnte das Gesicht ihrer Mutter nicht erkennen.

»Wie lange ist das her?«

Sie zuckte die Achseln.

»Was ist mit deiner Mutter passiert?« Er ging eindeutig von einer Tragödie aus.

Er hatte recht. »Bär.«

»Oh. Verdammt.« Eine ehrliche Reaktion. »Warum warst du mit dem Artefakt in der Höhle?«

»Schatulle.«

Er nickte.

»Beschützen.«

»Du bist die Wächterin?«

Sie nickte. »Finde sie.« Die Schatulle brauchte sie.

»Was soll ich tun, wenn ich sie finde?«, fragte er.

Sie hielt inne, da sie die Antwort darauf nicht kannte. Zögerlich sagte sie: »Ich schätze, sie bräuchte ein anderes Versteck.« Aber wollte sie ihr Leben dem Hüten des Artefakts widmen? Nein.

Sie versuchte, Trauer darüber zu empfinden, konnte es aber nicht. Selbst mit ihrer Gefangennahme hatte sie bereits so viel erlebt. Und sie begann, sich zu erinnern. Sie musste nicht ganz allein in einer Höhle leben und das rohe Fleisch dessen essen, was auch immer sie jagte. Die Schatulle war weg. Sie war frei.

Oder das wäre sie, wenn sie sich nicht in einem Käfig befunden hätte.

Zach hatte recht. Sie brauchten einen Weg hinaus.

Der Takt des Flugzeugmotors änderte sich.

»Wir gehen in den Sinkflug über. In welcher

Gestalt kennen dich die Entführer? Als Frau oder als Yeti? Denn das ist die Gestalt, die du haben solltest, wenn sie kommen, um uns zu holen.«

»Beides.«

»Oh.« Er rieb sich das Kinn. »In Ordnung. Wir werden uns um jeden kümmern müssen, der deine beiden Gestaltformen gesehen hat. Sobald wir frei sind, werde ich es dem Rudel melden, das ein Reinigungsteam schicken wird. Ich bin mir ziemlich sicher, dass das Protokoll bei der Offenbarung von Yetis dasselbe wie bei Löwen ist.«

Sie erinnerte sich an seine Katze. »Deine Färbung ist einzigartig.« Dunkel, verglichen mit dem gewöhnlich goldfarben schimmernden Gelbbraun.

»Das habe ich von der Seite meiner Mutter.«

Er hatte es immer noch nicht verstanden. »Die Angreifer haben deinen Löwen gesehen«, merkte sie an.

»Äh ... was?«

»Als du das erste Mal aufgewacht bist, bist du ausgeflippt und hast gebrüllt. Es war sehr laut und du warst pelzig. Du hast eine große Mähne.«

»Verdammt.« Ein Wort, das er oft benutzte, obwohl es schlecht war. »Ich schätze, dann ist es jetzt unwichtig, welche Gestalt sie sehen. Sie müssen alle sterben.«

»Sie alle?«

»Jeder, der gesehen oder davon gehört hat, wie wir uns verwandeln.«

Sie blinzelte. »Das sind viele Leute. Ist Töten nicht falsch?«

»Das hängt davon ab, wie man es betrachtet. Ihr Tod könnte Tausende retten.«

»Selbst wenn du das könntest, wie denn?« Sie saßen fest.

»Ich habe einen Plan, aber ich brauche deine Hilfe.« Er beugte sich vor, als hätte er Angst, belauscht zu werden. »Also, hör zu, diese Tarnsache, die du machst? Kannst du das auf Befehl? Könntest du dich so gut verstecken, dass die Leute, die uns abladen, denken, du wärst aus dem Käfig raus?«

Im Freien verstecken? »Vielleicht. Ich weiß es nicht.« Sie wusste nur, dass er sie immer wieder als Yeti bezeichnete, aber das fühlte sich nicht richtig an. *Ich bin* ... es entfiel ihr.

Sie wusste nicht, was oder wer sie war. Noch nicht. Aber sie wusste, dass sie Zach vertraute, und wenigstens hatte dieser einen Plan.

Erst als sie die zum Frachtraum gehörenden Maschinen hörten, nickte er ihr zu.

Zeit, sich zu verstecken. Sie ging in die Hocke, um sich kleiner zu machen, dann versteckte sie sich.

Sie wartete, genau wie Zach, der im Schneidersitz dasaß, die Hände auf den Knien und die Augen geschlossen. Er erschien entspannt, selbst als die Maschine den Käfig packte und begann, daran zu ziehen. Die Bewegung machte es ihr schwer, sich zu tarnen. Glücklicherweise kam niemand, um sie anzusehen, bis sie auf einen Gepäckwagen geladen worden waren.

Da es Nacht war, gab es viele Schatten. Trotzdem bemerkte es jemand. Eine sehr tiefe Stimme fragte: »Wo zum Teufel ist das Mädchen?«

Zach hob den Kopf, lächelte und sagte: »Ich habe sie gefressen.« Dann sprang er mit einem menschlichen Brüllen los.

Der Kerl schoss mit seiner Betäubungspistole, ohne jedoch zu bemerken, dass er nicht getroffen hatte, da Zack zusammensackte und regungslos liegen blieb.

Die Angreifer öffneten den Käfig, damit der Kerl hineinklettern und nachsehen konnte. Das war derjenige, den Zach übermannte, während sie durch die Tür schoss und sich um seinen Partner kümmerte.

Sie sprang auf ihn drauf, woraufhin sie hart auf dem Boden landeten.

Na ja, er jedenfalls. Sie war auf ihm, voller Adrenalin. Und nach dem langen Flug brauchte sie einen Snack.

Würde sie Ärger mit Zach bekommen, wenn sie einmal kurz zubiss? Der Hals des Angreifers sah fleischig aus.

»Nein«, brummte Zach, als er aus dem Käfig trat, immer noch nackt und sehr nett anzusehen.

»Was seid ihr?«, plapperte der Kerl auf Englisch.

Ihr Grummeln machte ihren Hunger deutlich.

»Keine Zeit. Lass uns gehen, bevor es jemand bemerkt.«

Zach nahm ihre Hand und sie liefen los. Ihr Fell zog sich zurück, bis sie barfuß war und ihr Hemd zu flattern begann.

Während sie flohen, ertönte eine Stimme, die vor Schreck ganz schrill war. »Sie flüchten.«

»Welcher Idiot hat den Käfig aufgemacht?«

Knall.

Der Idiot war vermutlich tot.

Sie schossen um die Ecke eines Gebäudes, liefen aber weiter. Sie blieben nicht stehen, bis sie sich auf einem riesigen Parkplatz wiederfanden. Es war gut, dass sie sich daran erinnerte, bereits einen gesehen zu haben, ansonsten wäre sie erstaunter gewesen. Zwischen den Reihen liefen sie geduckt weiter, wobei er vorausging. Sie wusste nicht, wonach er suchte, bis er an einem älteren Wagen stehen blieb. Er hatte einen langen Kofferraum, den er öffnete und in dem er wühlte, bis er eine Tasche voll mit verschiedenen Kleidungsstücken herausholte.

Bei ihrem fragenden Blick sagte er: »Gestaltwandler haben immer Ersatzkleidung in ihrem Kofferraum. Die hier gehört einem Wolf, aber es wird reichen.«

Der Wolf war schmaler gebaut als sie beide. An ihr war die Kleidung kurz und eng. Aber an ihm?

Sie kicherte. Der Stoff des Ober- und Unterteils schmiegte sich auf seltsame Weise an ihn. Die pinke Farbe betonte die fette Schrift. *Süße Maus.* Es war sowohl auf den Hintern als auch auf die Brust gedruckt.

»Wage es nicht zu lachen«, drohte er, als sie sich wieder in Bewegung setzten.

»Ich finde, du siehst fantastisch aus.« Besser als fantastisch, und das nicht nur, weil er die erste Person war, mit der sie seit langer Zeit eine Bindung hatte.

Er war attraktiv. Und sie konnte nicht umhin, sich seiner bewusst zu sein. Er wusste nicht, dass sie über sein Haar gestreichelt hatte, während er in ihrem Schoß gelegen hatte. Sie hatte seine Züge durch Berührung erfahren – eine andere Person.

Ihre Haut kribbelte dort, wo sie sich berührten. Sie liebte das Gefühl seiner mit der ihren verschränkten Hand.

Während sie sich durch die Fahrzeuge schlängelten, sagte er: »Ich weiß, wo wir sind.«

»Woher?«

Er zeigte in eine Richtung. »Die Nummernschilder zeigen, dass wir in Jersey sind. Am Flughafen von Jersey, um genau zu sein. Was bedeutet, dass sie uns international geschmuggelt haben. Das wird das Rudel erfahren wollen. Diese Lebend-Wilderei muss beendet werden.«

Das Wort *Wilderei* ließ sie erschaudern. »Leute jagen uns.« Es klang falsch, es laut auszusprechen. Sie sollte eigentlich ihre Beute verfolgen und einfangen.

»Die Leute haben schon immer Tiere gejagt, entweder als Nahrungsmittel oder als Sport. Von ihnen erwischt zu werden ist unsere Schuld, da wir die Jagdsaison kennen. Wir wissen, wie wir uns schützen müssen. Die, auf die wir wirklich achten müssen, sind die, die an uns interessiert sind, weil wir uns in ein pelziges Tier verwandeln können.«

»Weil wir Angst machen.«

»Zum Teil. Aber es gibt auch die Angst, dass die

Menschen uns als etwas sehen könnten, das sie benutzen können.«

»Also verstecken wir uns.«

»Ja, wir verstecken uns. Und zu deinem Glück kenne ich genau den richtigen Ort dafür.«

Kapitel Sieben

Zach warnte seinen Vater nicht, dass er kam. Sobald er ankam, würde genügend Zeit sein, um sich mit dem alten Griesgram und seinen Beschwerden herumzuschlagen. Die größte davon war: *Warum schaffst du dir ein Haustier an, wenn du dich nicht darum kümmerst?*

Ein paarmal im Jahr nahm Zach Aufträge für das Rudel an, für die er verreisen musste. Und doch, wenn er seinem Vater erzählte, dass er plante, Neffi – die beste Katze auf der ganzen verdammten Welt – in die schönste Pension zu geben, die für Geld zu haben war, flippte sein Vater aus. »*Du verschwendest gutes Geld. Du könntest es genauso gut in der Toilette herunterspülen. Was stimmt nicht mit dir?*

Ich werde mich um sie kümmern, da du es nicht kannst.«

Angesichts dessen, dass er Neffi diesmal ein paar Wochen hatte zurücklassen müssen, konnte er sich die anstehende Standpauke bereits vorstellen.

»Besorgt?«, fragte Fluffy, deren Ausdruck seine kindhafte Unschuld verlor, je weiter sie von der Höhle wegkam. Sie saß neben ihm in dem Wagen, den er geliehen hatte. Beziehungsweise gestohlen. Wenn er ihn nicht mehr brauchte, würde er ihn in Brand stecken. Das Rudel würde dafür sorgen, dass der Besitzer alles von der Versicherung erstattet bekam, ohne dass sich seine Beiträge erhöhten.

»Ja, ich bin besorgt.« Aber nicht aus dem Grund, den sie wahrscheinlich vermutete. Was würde sein Vater sagen, wenn er mit einem Yeti erschien? Was würde *er* sagen? Außerdem bestand die Möglichkeit, dass sie verfolgt wurden. »Diese Entführer sind ziemlich schamlos auf uns losgegangen.« Würden sie die Wohnung seines Vaters angreifen? War es überhaupt eine gute Idee, dorthin zu fahren? Er konnte seinen Vater praktisch blaffen hören: *»Denkst du, dass ich mich nicht selbst schützen kann, Junge?«*

»Du hättest mich sie fressen lassen sollen.« Sie schmollte.

»Hast du Hunger?« Er beantwortete seine eigene Frage. »Natürlich hast du Hunger. Wir wurden betäubt, wer weiß, wie lange das her ist. Dazwischen haben wir oft die Gestalt gewechselt.« Auch er spürte den Mangel an Kalorien recht heftig. Ein weiterer Grund, zu seinem Vater zu fahren. Essen.

Er wühlte mit einer Hand in der Mittelkonsole und fischte einen zur Hälfte gegessenen Schokoriegel heraus. Wer tat so etwas? Wer nahm ein oder zwei Bissen, um das Ding dann praktisch wegzuwerfen? Bei ihm zu Hause hatten sie während seiner Kindheit nichts verschwendet. Damals war das Rudel noch nicht so reich gewesen, also arrangierten sich die Familien mit dem, was sie hatten.

»Er ist schon zum Teil gegessen«, entschuldigte er sich, als er ihr den Riegel zeigte.

Fluffy, die nicht wählerisch war, ließ ihn samt Verpackung verschwinden.

Er parkte ein paar Blocks entfernt und markierte den Ort. Sobald er bei seinem Vater war, würde er ein paar Anrufe tätigen. Es konnte sein, dass die Mitglieder des Rudels beschließen würden, mit dem Wagen eine Spritztour zu unternehmen, bevor sie ihn irgendwo abstellten und seine Spuren verwischten, anstatt ihn zu verbrennen.

Als er aus dem Wagen stieg, folgte Fluffy ihm, ohne dass er sie darum bitten musste, da sie sich ihrer selbst immer bewusster wurde. Er begann, sich zu fragen, wie alt sie gewesen war, als sie dort gefangen worden war. Sie verhielt sich jedenfalls nicht wie ein Kind. Würde sich jemand ohne jegliche Interaktion normal entwickeln?

Sie hielt Schritt und sagte kein Wort. Stattdessen ließ sie den Blick umherwandern und bemerkte die Bungalows auf beiden Seiten der Straße, die manche als Nachkriegshäuser bezeichneten. Einfamilienhäuser in ordentlichen Reihen, die einige der ersten Vororte bildeten, die sich jetzt, fünfzig bis siebzig Jahre später, in eine dichte Stadt verwandelt hatten, die weiterwuchs.

Der Gehweg grenzte an den Vorgarten, den er als Kind oft gemäht hatte, mit viel Unkraut, das dahinschwand, während der Baum darin wuchs. Jetzt gab es nichts mehr zu mähen. Sein Vater hatte sich für diesen grauenvollen Kies entschieden, der das Gras zugunsten eines wartungsfreien Gartens ersetzte, und der Baum war verschwunden. Nur ein Stumpf war noch übrig.

Als sie die wenigen Treppenstufen hinaufgingen, spähte Fluffy zu dem Erkerfenster, dessen

Jalousien nicht vollständig geschlossen waren. Sie zeigte darauf. »Ist das eine Katze?«

Ein Blick hinein zeigte seine Neffi – sein kostbares Baby – auf dem Schoß seines Vaters, den Kopf in seine Hand gedrückt, wo sie gründlich gestreichelt wurde.

Zach ohrfeigte sich beinahe. Es konnte nicht wahr sein. Aber das war es. Seine Katze betrog ihn!

Anstatt zu klopfen und darauf zu warten, dass sein Vater antwortete, stürmte er in das Haus hinein. »Verräter!«

Als Zach in das Wohnzimmer stapfte, saß sein Vater allein auf seinem karierten Fernsehsessel, das Gesicht zu einer finsteren Miene verzogen. »Ich hätte wissen sollen, dass du es bist, der hier reinstürmt. Das habe ich nie aus dir rausbekommen. Wo sind deine Manieren, Junge?«

»Wage es nicht, das Unschuldslamm zu spielen. Ich habe euch gesehen!« Er zeigte mit einem Finger auf seinen Vater, dann auf Neffi am anderen Ende des Raumes, wo sie die Wand anstarrte.

»Was gesehen?«, grummelte sein Vater von seinem Sessel aus.

»Spar dir das Theater. Ich weiß, dass du und meine Katze euch gegen mich verschworen habt«, warf Zach ihm vor. Seine Katze hatte sein Kommen noch nicht gewürdigt.

»Hast du zu viele von diesen Proteinshakes getrunken? Denn du redest Unsinn«, tobte sein Vater.

»Streite es nicht ab. Du magst meine Katze.« Und der größte Verrat war, dass seine Katze auch seinen Vater zu mögen schien.

Sein Vater fuhr mit einer Hand durch die Luft. »Das tue ich nicht. Widerliches, räudiges, dreckiges Ding. Als ob. Ich würde einen Hund dieser Katze vorziehen.« Sein Vater funkelte ihn an. Neffi putzte sich den Hintern, da ihr all das ja so furchtbar wichtig war.

»Lügen. Ich bin von Lügen umgeben«, rief Zach aus. »Ich sollte euch beide jetzt miteinander allein lassen.«

»Willst du, dass ich ihn umbringe?« Die sanfte Frage ließ ihn zu Fluffy herumwirbeln, die seinen Vater musterte.

»Mein Vater wird nicht umgebracht.«

»Dein Vater.« Sie betrachtete ihn genau. »Ich kann sehen, wo du dein Gesicht herhast.«

Moment, was? War das eine gute Sache? Eine schlechte Sache? Er konnte es nicht sagen.

»Du hast eine Frau mitgebracht?« Sein Vater klang überrascht.

Aus gutem Grund. Zach brachte keine Mädchen mit. Tatsächlich kam er immer nur mit seiner Katze vorbei. »Das ist Fluffy. Das Rudel will, dass ich sie im Auge behalte.«

»Das Rudel hat dieses zierliche kleine Ding einem Rohling wie dir überlassen?« Sein Vater, der Charmeur, stand auf. Er war ein schwerer Mann, der nach dem Unfall, der ihm ein steifes Bein beschert hatte, nur noch schwerer geworden war. »Komm rein, äh ... hast du *Fluffy* gesagt?«

»Jup. Fluffy, das ist mein Vater, Joseph Lennox.«

»Nenn mich Joe«, grummelte sein Vater, der ihre Hand ergriff und drückte. »Es ist mir eine Freude, dich kennenzulernen.«

»Hi.« Sie starrte ihre Hände an. »Ich bin Fluffy.«

»Vergib mir meine Mutmaßung, junge Dame, aber darf ich fragen, was du bist? Ich habe so etwas noch nie gerochen. Du erinnerst mich an die Berge im Winter.«

Eine treffende Beschreibung. »Fluffy ist ein Yeti.«

»Äh, was?« Der überraschte Blick seines Vaters wechselte zwischen ihnen hin und her.

»Du hast mich gehört. Laut Nora ist sie ein russischer Yeti.«

»So etwas gibt es nicht«, verkündete sein Vater.

»Eben doch. Ich habe sie in der russischen Arktis gefunden.«

»Und hast sie nach Hause geschmuggelt?«, fügte sein Vater ungläubig hinzu.

»Wir wurden entführt«, zwitscherte Fluffy dazwischen.

»Von wem? Von der Tiger-Bande?« Dads Augenbrauen schossen gen Himmel.

»Von Menschen.« Fluffy half einfach weiter aus.

Sein Vater lachte. Und lachte.

»Nicht witzig«, grummelte Zach. »Da ist eine ernsthaft böse Gruppe hinter Fluffy her. Es hat dich vermutlich in Gefahr gebracht herzukommen. Wir hätten nicht kommen sollen. Lass uns gehen, Fluffy.« Er drehte sich zu ihr um, woraufhin sein Vater erwartungsgemäß aufbrauste.

»Ihr geht nirgendwo hin.«

»Ich meine es ernst mit der Gefahr.«

»Willst du sagen, dass ich nicht auf mich aufpassen kann?« Sein Vater betrachtete ihn mit zusammengekniffenen Augen.

Er wusste, dass sein Vater auf sich selbst aufpassen konnte, deshalb war er gekommen. »Ich weiß nicht, alter Mann. Sieht aus, als hättest du dich mehr dem Bier als dem Fitnessstudio gewidmet.«

»Du sollst wissen, dass er fest ist.« Sein Vater tätschelte sich den Bauch.

Wie aufs Stichwort knurrte Fluffy der Magen.

Das erregte die Aufmerksamkeit des älteren Mannes. »Wann hat dich dieser Idiot zum letzten Mal gefüttert? Egal. Komm du mit mir, Mädchen, und wir werden dich versorgen.« Joe humpelte in die Küche und Zach wusste es besser, als anzubieten, einen Teil des Kochens zu übernehmen. Nach dem Unfall war sein Vater schnell wegen allem beleidigt, bei dem er der Meinung war, es geschähe aus Mitleid. Es machte ihn umso entschlossener, alles ohne Hilfe zu erledigen.

Zach würde weiter diskutieren, aber der Mann machte ein fantastisches gegrilltes Käsesandwich mit Tomatensuppe.

Einfach? Nicht in der Küche seines Vaters, wenn man bedachte, dass der Tomatensaft frisch gepresst war und dann mit duftenden Kräutern schnell aufgekocht wurde. Bestreut mit Mozzarella und serviert mit dicken Brotscheiben – selbstgebacken –, gebuttert und goldbraun getoastet, mit einem dicken Stück harten Cheddar dazwischen. Joe mochte sich vielleicht aus dem Kochgeschäft zurückgezogen haben, nachdem er mehr als vierzig Jahre lang Chefkoch gewesen war, aber seine Fähigkeiten hatte er nicht verloren.

Fluffy begann die Mahlzeit, indem sie sich ein Viertel des Sandwiches in den Mund schob und die Schüssel an ihre Lippen führte. Zach nahm nur einen Bissen seines Brots und starrte sie an.

Dann nahm er bewusst einen Löffel in die Hand, aß seine Suppe und tunkte sein Sandwich hinein. Die Schüssel landete wieder auf dem Tisch und eine entschlossene Fluffy, die versuchte, ihn nachzuahmen, fuhr mit ihrem Chaos fort. Aber sie versuchte es immerhin, während Joe nur gaffte.

Zach aß eine einzelne Portion und überließ den Rest ihr. Sein Vater neigte den Kopf, ein dezenter Hinweis.

Zach verließ seinen Stuhl und ging zur Vorratskammer, wo er so tat, als würde er nach etwas suchen. Sein Vater schloss die Tür und flüsterte laut: »Was hast du gesagt, wo du sie gefunden hast?«

»In einer Höhle in der Arktis. Ich glaube, sie hat eine Weile dort gelebt.«

»Und was hat sie dort getan?«

Der Teil mit dem Artefakt seiner Mission war geheim, selbst vor seinem Vater. Zach zuckte die

Achseln. »Ich weiß nicht. Mein Job ist es, ein Auge auf sie zu haben.«

»Du sagtest, es seien Menschen hinter ihr her?«

»Ja. Und die machen keine halben Sachen.« Die menschlichen Söldner hatten gezeigt, dass sie Zugang zu Ressourcen hatten.

»Du musst duschen«, sagte sein Vater mit gerümpfter Nase.

»Das müssen wir beide.« Als er wieder die Küche betrat, erwischte er Fluffy dabei, wie sie die Schüssel ausleckte. Aber das Gute war, dass sie sich nicht großartig bekleckert zu haben schien.

Sie stellte die Schüssel lautstark ab und tat so, als würde sie seine, in der sich noch ein kleiner Rest befand, nicht beäugen.

»Dann mache ich wohl besser noch mehr zu essen«, schlug sein Vater vor.

»Mehr?« Ihre Miene erhellte sich.

»Ja, mehr, aber erst, nachdem du gebadet hast. Lass uns gehen, Fluffy.« Er führte sie den kurzen Flur entlang zu dem einzigen vollständigen Badezimmer im Haus. Pinkfarbene Fliesen mit ein wenig Schwarz und Weiß. Goldene Akzente. So alt, dass es schon wieder Retro-Stil war.

Sie sah die Toilette und hockte sich sofort darauf, wobei sie nicht nur vergaß, dass er sich im

Raum befand, sondern auch, dass sie eine Hose trug. Sie blickte auf den nassen Stoff herab und rümpfte die Nase.

»Du musst sie herunterziehen, bevor du dich hinsetzt und loslegst.«

»Sitzen? Wie soll ich dann die Beißer kommen sehen?« Sie starrte argwöhnisch in das Toilettenwasser.

»Es wird nichts aus dem Rohr herauskommen.«

»Nass.« Sie rümpfte die Nase, als sie von der Toilette sprang und ihre Hose nach unten zog. Das Hemd bedeckte ihren Schritt, aber dennoch waren ihre Beine größtenteils entblößt.

Er wandte den Blick ab. »Du brauchst eine Dusche.« Er lehnte sich in die Dusch-Badewannen-Kombination und drehte das Wasser auf. Es kam in einem Strahl heraus, woraufhin sie ein langgezogenes *Oooooh* von sich gab.

»Wasser.« Sie griff danach und sagte: »So warm!«

Eigentlich war es immer noch kühl, aber verglichen mit dem, woran sie gewöhnt war …

Sie sprang hinein – noch immer in ihrem Hemd –, hielt ihr Gesicht unter den Strahl und seufzte. Dann quietschte sie.

»Heiß!« Sie drückte sich an die Wand und er

wunderte sich über ihre Reaktion, bis er an den Vulkan dachte.

»Gab es bei dir manchmal richtig heiße Geysire?«

Sie nickte. »Schlimme Verbrennungen.«

»Das wird dich nicht verbrennen. Siehst du?« Er hielt seine Hand darunter. Langsam griff auch sie danach. Und lächelte.

Als sie begann, an ihrem Hemd zu zupfen, wusste er, dass es an der Zeit war zu gehen. »Hier ist ein wenig Seife. Und auf dem Waschtisch liegt ein Handtuch.« Er hatte eines aus dem Regal gezogen.

Obwohl ihm sein innerer Löwe sagte, er sollte ihr anbieten, ihren Rücken zu schrubben, ging er und schloss die Tür hinter sich.

Mitten im Flur saß seine Katze.

»Hey, Baby. Ich bin zu Hause.« Er ging in die Hocke.

Neffi starrte ihn an.

»Hast du mich vermisst?«

Ihrem funkelnden Blick nach zu urteilen hatte sie das nicht eine Sekunde lang getan.

»Ich habe dir ein paar Leckerbissen bestellt.«

Anstatt dass es seine Katze besänftigte, starrte diese die Badezimmertür an, wo er Geplätscher und Summen hören konnte.

Neffi gab ein tiefes Knurren von sich, dann stolzierte sie mit aufgestellten Nackenhaaren davon.

Eifersüchtig. Gut. Jetzt würde Neffi wissen, wie Zach sich fühlte, nachdem er sie mit seinem Vater gesehen hatte.

Er kehrte in die Küche zurück. Da Fluffy für den Moment versorgt war, hatte er Zeit, um sich zu melden. Er lieh sich das Telefon seines Vaters aus, welches schnurlos und mit Tasten war, und das nur, weil Wählscheibentelefone zwischenzeitlich ausgemustert worden waren. Sein Vater hatte sich monatelang beschwert, nachdem er dazu gezwungen worden war, sich von seiner lindgrünen Monstrosität mit Spiralkabel zu trennen. Selbst die Tatsache, dass Zach das Telefon gekauft hatte, besänftigte ihn nicht.

Die Stimme, die seinen Anruf entgegennahm, war nicht die von Hayder. Sie verschwendete auch keine Zeit.

»Wer ist da?«

»Zachary Lennox.«

»Derselbe Zachary Lennox, der fünfundfünfzig Stunden lang isoliert war?«

Er verzog das Gesicht. Jetzt wusste er, wie lange er außer Gefecht gewesen war. »Ich bin auf einige Komplikationen gestoßen.«

»Hast du noch immer das Subjekt?«

»Ich sollte mich eigentlich bei Hayder melden.«

»Hayder wohnt der Geburt eines weiteren nutzlosen Jungen bei.«

»Und du bist?«

»Ein Weibchen, das du nicht verärgern willst«, sagte das Weibchen. »Hat der Yeti dir irgendetwas über den Schatz erzählt?«

Das erklärte, ob die Löwin am anderen Ende der Leitung informiert war oder nicht.

»Nicht wirklich. Es hat ihr ein wenig an Kommunikationsfähigkeiten gemangelt, ganz zu schweigen davon, dass unsere Entführung uns fertiggemacht hat.«

»Welche Entführung?« Er erzählte, was ihnen widerfahren war, und arrangierte, dass jemand sich um das gestohlene Auto kümmerte.

»Ich werde den König darüber informieren müssen.«

»Natürlich.« Diese Entführer mussten beseitigt werden.

»Warte, bis das die anderen Weibchen hören. Wir haben uns zu Tode gelangweilt. Das wird uns etwas geben, wofür wir unsere Krallen wetzen können. Einige Weibchen sind bereits zum Flughafen unterwegs. Hoffentlich können wir dieses

Flugzeug und den Käfig in die Finger bekommen, bevor sie alles desinfizieren.«

Nur die Weibchen würden sich über Tierschmuggler freuen, die möglicherweise ihr Geheimnis kannten.

»Es könnte sein, dass sie gar nichts mit dem Artefakt zu tun haben.«

»Vielleicht. Ich meine, ich kann schon verstehen, warum sie einen Yeti würden fangen wollen. So oder so, irgendjemand denkt, dass sie wichtig ist. Was mich zu meiner vorherigen Frage zurückbringt. Weiß sie, wo es ist?«

Er dachte daran, wie Fluffy in irgendeine Richtung gezeigt hatte. »Sie sagt, sie könne mich zu der Schatulle führen. Sie will sie auf jeden Fall finden. Sie behauptet, eine Art Wächterin zu sein.«

»Folge ihr und finde heraus, ob sie die Schatulle aufspüren kann.«

»Ich?« Allein mit Fluffy zusammenarbeiten?

»Ja, du. Wir haben gerade sonst niemanden übrig. Oder versuchst du mir zu sagen, dass dein dürftiges Männerhirn mit einem Auftrag dieser Größenordnung nicht klarkommt?«

»Ich werde damit klarkommen.«

»Gut, denn ich muss den alten Latexanzug

herausholen und kann nicht länger mit dir quasseln.«

Damit legte das Weibchen auf, womit er auf unbestimmte Zeit weiterhin mit Fluffy festsaß.

Für immer?, spottete seine innere Katze. Er hätte vielleicht eine Erwiderung gehabt, wenn sein Vater nicht gesagt hätte: »Warum kommen Blasen unter der Badezimmertür heraus?«

Kapitel Acht

Fluffy hatte gerade unglaublich großen Spaß, als die Tür aufgerissen wurde. Zach starrte sie mit offenem Mund an.

»Was hast du getan?«, rief er aus.

Sie grinste, während sie den sich überall ausbreitenden Schaum tätschelte. »Schaumbad.«

Man stelle sich ihre Überraschung vor, als sich die Badewanne zu füllen begann, während sie duschte. Ein heißes Becken voller Wasser, in das sie sich fallen ließ. Sie goss eine Flasche mit stinkendem Glibber hinein und es schäumte auf. Vervielfachte sich. Der Schaum wurde mehr und mehr und verteilte sich in dem kleinen Raum.

Er breitete sich weiter aus und kitzelte sie in der Nase. Sie nieste, woraufhin die Blasen explodierten.

Als sie mit ihren nassen Wimpern blinzelte, hatte Zach einen weißen Vollbart.

Sie kicherte, als sie sich ihn in einem roten Anzug und mit wackelndem, rundem Bauch vorstellte.

»Nicht witzig. Wasserschäden sind kein Scherz.« Er griff hinter sie und drehte das Wasser ab.

Sie zog die Mundwinkel nach unten. »Blasen.«

»Du hast genug Blasen und zu viel Wasser«, rief er aus, als es über den Rand schwappte.

Er griff in die Wanne und wühlte im Wasser umher.

Sein Gesicht durchlief mehrere Ausdrücke, bevor er sich für angewidert entschied. Er zog ein dickes Haarbüschel aus dem Ausguss heraus. Er würgte, als er sich von ihr abwandte, das Büschel in die Toilette warf und runterdrückte.

»Du hast mein Bad ruiniert«, beschwerte sie sich, als das Wasser ablief.

»Nimm nächstes Mal ein anständiges Bad, das keinen Schaden anrichtet, dann wirst du es länger genießen.«

»Fiesling.« Sie funkelte ihn an.

Es schien ihn nicht zu stören. Er streckte ihr das Handtuch entgegen und wandte den Blick ab. »Mach schon, Fluffy.«

Sie stand auf und die Seifenlauge klebte an ihrer Haut. Sie trat in den Stoff hinein, den er hochhielt, dann wickelte er ihn um sie und rieb sie trocken. Normalerweise zitterte sie neben einem dampfenden Schlot, bis der Großteil der Feuchtigkeit getrocknet war. Das hier war angenehmer.

»Wie geht es deiner Wunde?«, fragte er.

»Verschwunden.« Sie nahm das Handtuch weg und zeigte es ihm.

Er spannte sich an und sagte: »Sieht gut aus.«

»Tue ich das?«, erwiderte sie sanft. Sie ließ das Handtuch ganz fallen und trat spontan näher an ihn heran. Sie spürte das Flattern, das jedes Mal auftrat, wenn er in ihre Nähe kam.

»Benimm dich.«

»Bin ich ungezogen?« Sie wusste, dass sie ihn auf gewisse Weise neckte. Sogar mit ihm flirtete, auch wenn sie sich nicht daran erinnerte, es jemals zuvor getan zu haben.

»Nicht.« Er nahm ein frisches Handtuch und wickelte sie hinein. »Nicht alle Männer werden dich respektieren. Sie könnten dich ausnutzen.«

Sie verstand genug, um zu grinsen. »Dann werde ich sie fressen.«

»Du bist nicht mehr in der Arktis, Fluffy. Du

kannst nicht einfach die Dinge fressen, die dich nerven.«

»Warum nicht?«

»Weil du dann im Gefängnis landest.«

Das Wort ließ sie eine andere Art von Käfig sehen. Sie erschauderte.

»Suchen wir dir ein paar Klamotten.« Er führte sie aus dem Badezimmer in ein kleines Zimmer mit einem schmalen Bett auf Schubladen darin, einer Kommode daneben und Postern von sehr athletischen Männern und Frauen. Der Duft gehörte überwiegend zu Zach.

»Du wohnst hier?«, fragte sie, wobei sie mit den Fingern über das Holz fuhr und die Statuen darauf musterte. *Trophäen* war das richtige Wort und sie las seinen Namen auf jeder davon. Sieh einer an, sie konnte lesen.

»Ich wohne nicht mehr hier. Aber ich bin in diesem Haus aufgewachsen.«

»Mit deinen Eltern.« Denn so funktionierte es.

»Nur mit meinem Vater. Meine Mutter ist weggegangen, als ich noch klein war.«

»Meine hat mich auch verlassen.« Sie zog ihre Mundwinkel nach unten. »Ich erinnere mich nicht an meine Mutter.« Nur an ihren Tod. Sie erinnerte sich an niemanden aus ihrer Familie. Nur an ihre

Aufgabe. Sie schwenkte von dem traurigen Thema ab, um die drängendste Frage zu stellen.

»Wann werden wir sie suchen?«

Er sah sie an. »Was suchen?«

»Die besondere Schatulle. Wir müssen sie finden. Sie sicher machen.« Das Bedürfnis, sie zu sichern, pulsierte in ihr und weckte ihre Angst.

Er schürzte die Lippen. »Ich weiß nicht, wo sie ist.«

Wie konnte er die Anziehung nicht spüren? Sie zeigte in eine Richtung. »Da entlang.« Die Richtung zog an ihr.

»*Da entlang* ist nicht genug. Du wirst genauer sein müssen. Kannst du mir einen Namen nennen? Einen Orientierungspunkt? Einen Berg? Oder einen See?«

»Berg!« Die Silbe weckte ein starkes Bild. »Mehrere davon, sie sind riesig und ihre Spitzen berühren an manchen Stellen den Himmel. Die Täler sind üppig und grün.«

»Klingt, als würdest du die Rocky Mountains beschreiben.«

Es war, als würde eine Glocke in ihr klingeln. Sie lächelte. »Ja. Die Rocky Mountains.«

»Ich schätze, dann haben wir eine Position. Ich werde uns Flugtickets buchen.«

Das Ding, das durch die Luft flog? Sie schüttelte den Kopf. »Nein. Keine Flugzeuge.«

»Diesmal würden wir nicht mit dem Gepäck reisen.«

»Nein.«

»Wir könnten den Zug nehmen. Aber das würde die Sache sehr verzögern.«

»Zug? Puff-puff.« Sie lachte, als er ihr ein sauberes Hemd reichte – sein Hemd mit seinem Duft daran. Außerdem gab er ihr eine weiche Hose. Und Stoff für ihre Füße.

»Wenn du diese Schatulle finden willst, dann gilt: je schneller, desto besser. Denk darüber nach, während ich deine Unordnung aufräume.«

»Ich werde helfen.«

Aus irgendeinem Grund sah er entsetzt aus. »Du hast für einen Tag genug getan. Zieh dich an. Wenn du nicht schlafen kannst, geh zu meinem Vater in der Küche. Er wird vermutlich noch mehr zu essen für dich haben.«

Zu essen? Daraufhin zog sie sich schnell an, noch bevor er ging und die Tür zuschlug.

Sie zog all die großen Kleidungsstücke an, dann lief sie hinaus, um Joe zu suchen.

Der Mann war in der Küche, wo er einen Stuhl

benutzte, um vom Herd zur Anrichte und zum Spülbecken zu rollen. Er kochte.

Ihr knurrte der Magen.

Er hob nicht einmal den Kopf, als er sagte: »Setz ich. Ich hole gleich etwas aus dem Ofen, das du bestimmt probieren willst.«

Sie zappelte und war froh, als er sprach. Überwiegend stellte er Fragen, die sie mit ein oder zwei Worten beantwortete.

Eine Unruhe erfüllte sie, als müsste sie sich bewegen. Die Schatulle brauchte sie.

Sie zog an ihr.

Sie nahm einen Bissen von dem heißen Ding auf dem Teller, den Joe ihr unter die Nase schob. Es war mehr als köstlich.

Zwischen den Bissen der frischen Zimtschnecken mit klebrigem Zuckerguss erzählte sie Zachs Vater ihre Lebensgeschichte, die sich aktuell auf nicht viel belief. Sie erinnerte sich nicht an eine Kindheit. Und ihre Zeit in der Höhle war verschwommen.

Zach kehrte zurück und griff nach einem Gebäckstück. »Oh, lecker.«

Sie wollte ihm auf die Hand schlagen, aber aus irgendeinem Grund ging ihr ein dämlicher Satz durch den Kopf: *Wer teilt, der kümmert sich.* Sie war sich nicht sicher, wie es Fürsorge zeigte, wenn sie sich etwas vorenthielt, aber sie erlaubte es.

Dann starrte sie ihn an, während er die Zimtschnecke aß. Seine Lippen waren vermutlich süß durch den Zucker und er stöhnte vor Freude. Da sie selbst gestöhnt hatte, verstand sie es.

Plötzlich schenkte sie der vor ihr stattfindenden Diskussion Aufmerksamkeit.

»Du solltest fahren«, rief Joe.

»Wohin fahren?«, fragte Zach, der sich die Finger ableckte, bevor er nach einer Serviette griff. War das bei diesen Leckerbissen erlaubt?

»Fluffy hat mir davon erzählt, dass ihr die Rocky Mountains besuchen müsst, um einen Schatz zu finden.«

Er sah sie an. »Du hast ihm von der Schatulle erzählt.«

Sie zog die Schultern hoch. »Er hat gefragt.«

»Es sollte eigentlich ein Geheimnis sein.«

»Ist es das? Das hat mir niemand gesagt.«

Er öffnete und schloss den Mund wieder. »Scheiße. Das ist mir nie in den Sinn gekommen.«

»Kein gutes Geheimnis. Du weißt schon«, erinnerte sie ihn, »Nora. Peter. Hayder.« Ein Name, den sie in der Nacht gehört hatte, in der sie sich kennengelernt hatten.

»Und noch ein paar mehr«, murmelte er. »Ich verstehe schon.«

»Willst du sagen, dass ich kein Geheimnis bewahren kann, Junge?«

»Joe wird es nicht weitererzählen.« Fluffy grinste ihn an.

Joe strahlte. »Sie ist bereits klüger als du, wie ich sehe.«

»Was soll ich sagen, der Apfel fällt nicht weit vom Stamm.«

Sein Vater schnaubte und Zach grinste. Sie waren beide stur, und doch spürte sie die Verbindung zwischen ihnen. Sie war stark.

»Wir können zu der Schatulle fahren?«, fragte sie. Als sie sich mit Joe unterhalten hatte, waren sie die verschiedenen Szenarien durchgegangen. Das Fliegen machte ihr Angst. Züge waren alles andere als direkt und mühsam.

»Mit dem Auto wird es Tage dauern«, bemerkte Zach.

»Tage, während derer du abhängen kannst, wer auch immer euch folgt«, gab sein Vater zurück.

»Ich weiß nicht. Mein Wagen ist für außerhalb der Stadt nicht geeignet.« Zach schüttelte den Kopf.

»Dämliche Elektroautos. Was wirst du tun,

wenn die Apokalypse kommt und die Elektronik ihre Dienste einstellt? Hm?«, prustete sein Vater.

»Mir deinen spritfressenden Chevrolet Impala ausleihen.« Die Männer fingen wieder an.

»Nur über meine Leiche«, knurrte Joe.

»Hoffen wir, dass es die Zombies verlangsamt, während ich flüchte.« Zach grinste.

Die Männer starrten einander an und sie wartete auf ihren nächsten verbalen Angriff. Oder würde es körperlich werden? Sie konnte nicht umhin, fasziniert zu sein, und aus irgendeinem Grund sehnte sie sich nach etwas Salzigem und Knusprigem, um ihr Vergnügen zu vervollständigen.

Schließlich gab Joe nach. »Da es für einen guten Zweck ist, kannst du sie dir ausleihen, aber ich erwarte, dass Monica in einwandfreiem Zustand zurückkehrt. Kein Essen im Wagen.«

»Es ist Vinyl. Du weißt schon, dass man es einfach abwischen kann.«

»Kein. Essen«, betonte sein Vater.

»Meinetwegen. Kein Essen. Ich werde ein paar Sachen packen und wir sind noch vor vier Uhr verschwunden.«

»Bist du wahnsinnig? Du brauchst mehr Zeit, um dich vorzubereiten.«

»Ich brauche gerade mal fünf Minuten, um eine Tasche zu packen.«

»Für dich?«, argumentierte sein Vater. »Deine Freundin braucht Klamotten.«

»Sie trägt Klamotten«, erwiderte Zach.

»Sogar Fußpullover«, sagte sie, wobei sie ihren Fuß ausstreckte, an dem es locker baumelte.

»Sie sieht lächerlich aus«, zischte Joe.

Nein, das tat sie nicht. Sie betrachtete ihr knallrotes Hemd mit weißen Streifen und Knöpfen und ihre grüne Hose. »Es gefällt mir.«

»Siehst du, es gefällt ihr«, plapperte Zach nach.

Joe schüttelte den Kopf. »Idiot. Wenn Nora oder eines der Weibchen herausfindet, dass du ihr keine Sachen besorgt hast, dann wirst du bald verschwinden. Wenn das passiert, verwandle ich dein Schlafzimmer in ein Arbeitszimmer.«

»Du besitzt nicht einmal einen Computer, alter Mann.«

»Nicht frech werden, Junge, sonst hole ich den Gürtel.«

»Du hast nie einen Gürtel besessen.«

»Weil Hosenträger die besten Freunde eines Mannes sind.« Joe ließ einen Träger zurückschnellen.

»Du diskutierst ständig. Deshalb bin ich ausgezogen. Auf keinen Fall werde wir hierbleiben. Wir gehen, Fluffy. Ich werde das Rudel bezüglich eines Wagens anrufen.«

»Geh, weil du die Wahrheit nicht ertragen kannst«, verkündete Joe hitzig.

Sie stritten ihretwegen. Sie legte ihre Hand auf Zachs Arm. Er erstarrte.

»Bleib hier. Ich werde die Schatulle finden.« Er musste ihr nicht helfen.

Beide Männer prusteten.

»Als würdest du allein losziehen«, sagte Zach, wobei er die Augen verdrehte.

»Deine Freundin muss an ihrem Sinn für Humor arbeiten, denn das war nicht einmal annähernd lustig. Ich werde euch Essen zum Mitnehmen einpacken.«

»Und wir werden in den Secondhandladen gehen und sie ausstatten. Zufrieden?«

»Sehr.« Joe lächelte.

Und sie war verwirrt. Was war mit ihrem Streit passiert?

Plötzlich waren sie treue Verbündete. Sie kniff die Augen zusammen. Hatten sie sie soeben hinters Licht geführt?

Zach bestand darauf, dass sie Schuhe trug. Die Dinger für ihre Füße waren unbequem, ein Stück

Plastik zwischen ihren Zehen sorgte dafür, dass sie an ihren Füßen blieben. Es knallte jedes Mal laut, wenn sie einen Schritt machte.

»Gut, dass es fast Frühling ist«, sagte er, als sie sich auf den Weg zum Laden machten.

»Es ist heiß«, beschwerte sie sich über den grellen Himmel.

»Es sind null Grad. Wohl kaum.«

»Bah«, grummelte sie, wobei sie den dicken Mantel auszog, den sie seiner Meinung nach tragen sollte.

Nur weil die Leute sie anstarrten, zog sie ihn wieder an und trat näher an Zach heran. In der Arktis war sie eine Jägerin. Aber hier draußen, in der Unterzahl mit den Menschen und all ihrem Wissen, war sie außerhalb ihres Elements.

Beim Betreten des Geschäfts schlug der Eindruck von zu viel Zeug, das den Raum verengte, sie beinahe in die Flucht. Aber dann sah sie eine hübsche Farbe.

Das blasse Pink gehörte zu Schuhen – zu hübschen Schuhen mit Absatz und einer Schleife.

Sie drehte sich zu Zach um und wusste mit jeder Faser ihres Selbst: »Ich brauche diese Schuhe.«

Kapitel Neun

Sie sagte: »Ich brauche«, und Zach kaufte ihr die unpraktischsten Schuhe überhaupt. Dafür gab es ein paar Gründe, von denen der größte darin bestand, dass er diesen großen Augen nicht widerstehen konnte.

Verdammt.

Es half nicht, dass diese Stöckelschuhe an ihren Füßen verdammt gut aussahen. Aber das Seltsamste daran? Sie konnte tatsächlich darin laufen. Sie stolzierte daher, während sie zurück zum Wagen gingen, jeder mit einer Tasche in der einen Hand, die anderen miteinander verschränkt. Er könnte behaupten, dass er das nur tat, um sie nicht zu verlieren, aber die Wahrheit war, dass er es irgendwie genoss – was er nicht genauer analysieren wollte. Es lag vermutlich an der Müdigkeit und den Nachwirkungen der Drogen. Er hatte entschieden, ihnen den restlichen Tag zu lassen, um aufzutanken und sich auszuruhen, bevor sie aufbrachen. Er musste wachsam sein, während sie unterwegs waren.

Nur sah es nicht so aus, als würde er sein Nickerchen bekommen.

Als sie sich dem Haus seines Vaters näherten, sah er den vor der Auffahrt geparkten Wagen, der den Impala blockierte – den sein Vater bereits aus der Garage gefahren und von seiner Abdeckplane befreit hatte. Dad behandelte den Wagen wie sein eigenes Kind.

»Irgendetwas stimmt nicht«, sagte er, als er vorbeifuhr, ohne langsamer zu werden.

Sie reckte den Hals, um hinter sie zu sehen. »Joe.« Mit einem Wort benannte sie seine Sorge.

»Ja. Joe.« Er seufzte, als er das Fahrzeug an der Ecke parkte. »Bleib hier?« Es klang wie eine Frage, da er das Gefühl hatte, ihre Antwort bereits zu kennen.

Sie grinste und schüttelte den Kopf. »Ich kann helfen.«

Das konnte sie möglicherweise. Oder sie könnte angeschossen oder entführt werden, und dann wäre er in Schwierigkeiten. Aber was war mit seinem Vater?

»Wir werden uns die Sache nur ansehen. Vielleicht ist es nicht so schlimm, wie wir denken.« Die Frage war: Sollten sie heimlich oder kühn vorgehen?

»Joe ist in Gefahr.« Und scheinbar war das eine große Sache für sie. Sie lief zur Tür, riss sie auf und rief: »Joe!«

Er könnte hinter ihr hineingehen oder ... er lief zur Seite des Hauses, sprang über den Maschendrahtzaun und landete einen Schritt von der Seitentür entfernt. Diese war so alt, dass ein fester Ruck genügte, um sie zu öffnen, selbst wenn sie verschlossen war.

Außer heute. Eine Sekunde zu spät bemerkte er das Funkeln des neuen Metalls.

Hatte Dad es ausgetauscht?

Das neue Schloss klickte und die Tür öffnete sich, woraufhin der Lauf einer Waffe auf ihn gerichtet war. Der Kerl, der sie in der Hand hielt, hatte pockennarbige Haut und sein Haar war kurz geschoren. »Rein mit dir. Wir haben ein paar Fragen an dich und die Frau.«

Fragen? Das klang besser, als zu sterben.

Er folgte, aber beim Betreten der Küche

verlangte eine nasale Stimme: »Taste ihn nach Waffen ab.«

Ein Mensch, auffallend durch seinen stellenweise wachsenden Pfirsichflaum, fuhr mit den Händen über Zachs Körper. Während das geschah, betrachtete Zach die Situation. Dad saß auf einem Küchenstuhl, eine Waffe am Hinterkopf, während sein linkes Auge zuschwoll. An seiner Nase war zu sehen, dass sie geblutet hatte.

Mistkerle.

Sein Vater hatte gekämpft. Zach sah die Kratzer an den Körpern aller Eindringlinge. Pockennarbe, Flaum und zwei weitere Handlanger, denen er insgeheim die Spitznamen Halstuch und Fonzie gab.

Fluffy stand in der Diele, die Arme in die Luft gestreckt, da der Kerl eine Waffe auf sie gerichtet hatte. Sie hatte sich nicht verwandelt oder etwas Verrücktes getan. Noch nicht. Er konnte den Ausdruck in ihren Augen sehen.

Vier Menschen gegen drei Gestaltwandler.

Ihm gefielen diese Chancen, bis auf die Waffen. Diese schienen nicht mit Betäubungspfeilen geladen zu sein.

»Um Himmels willen, Dad. Ich habe dich eine Stunde lang allein gelassen. ›Ich schaffe das‹, hat er gesagt, und ›Ich bin nicht zu alt.‹« Zach begann, sich zu beschweren, und fing den Blick seines Vaters ein.

»Undankbares Balg, ständig bringst du Schwierigkeiten nach Hause. Wie oft muss ich noch dein Durcheinander wieder in Ordnung bringen?«

»Mein Durcheinander?« Zach musste nichts vortäuschen, da dieser Streit alt und bekannt war.

Um dem bizarren Streit etwas hinzuzufügen, beschloss Fluffy plötzlich, mit ihrer Einkaufstasche zu rascheln, die sie in der Faust hatte, während sie verkündete: »Ich habe jetzt winzige Unterwäsche.«

Fonzie murmelte etwas in der Art: »Das will niemand sehen.«

Das stimmte nicht. Zach wollte es sehen.

»Klappe halten. Ihr alle«, brüllte Pockennarbe.

»Oder was?«, gab Zach zurück.

Halstuch war derjenige, der schrie: »Oder die Katze ist dran.« Er stieß mit dem Fuß gegen einen Eimer mit Deckel, der auf dem Boden stand. Zach hörte ein wütendes Jaulen.

Jemand bedrohte sein Baby?

»Keine Sorge, Neffi. Daddy ist hier«, gurrte Zach, bevor er die Eindringlinge anfunkelte. »Ich werde euch drei Sekunden geben, um zu verschwinden, bevor ich eure Mutter wünschen lasse, sie wäre auf einer Eiweißdiät gewesen und hätte geschluckt.«

»Wenn du etwas tust, ist die Katze dran.« Halstuch nahm den Deckel vom Eimer und zielte mit seiner Waffe. *Knurr.* Neffi fauchte und holte mit einer Pfote aus.

Fluffy ließ ihre Tüte fallen. »Tu der Katze nicht weh.« Sie wackelte mit ihrem Finger.

»Sag uns, wo die Schatulle ist, dann werden wir ihr nichts tun«, sagte Pockennarbe.

»Da drüben.« Sie zeigte sofort in die Richtung.

Pockennarbe richtete seinen Blick dorthin, als könnte er es sehen, dann runzelte er die Stirn. »Da drüben? Wo? Ich brauche einen Ort.«

»Sie kann dir keinen nennen«, warf Zach ein.

»Lügner. Unser Boss sagte, du und deine kleine Freundin wüsstet genau, wo sie ist.«

»Wer ist euer Boss?«, fragte Zach, da sie immer noch nicht herausgefunden hatten, wer für den Endlosstrom an menschlichen Söldnern verantwortlich war – auch wenn diese hier weniger professionell waren als erwartet. Sie waren eher armselige Schlägertypen.

»Unser Boss geht dich nichts an. Sag uns, wo die Schatulle ist.«

»Ich weiß es nicht.«

Fluffy hingegen brüllte: »Vancouver.«

Er funkelte sie an. War sie in Vancouver? Die Rocky Mountains waren in der Nähe.

Sie zuckte die Achseln, als sie die Arme vor ihrem neuen Hemd verschränkte, auf das die Skyline einer Stadt an der Westküste gedruckt war.

»Also weißt du, wo sie ist.« Pockennarbe wedelte mit seiner Waffe herum und Zach war genervt.

Außerdem hatte er ihnen wesentlich mehr Zeit als die versprochenen drei Sekunden gegeben. »Die Zeit ist abgelaufen.«

Zach rettete zuerst Neffi, indem er Halstuch an den Knien packte. Sie beide fielen zu Boden, so hart, dass Halstuch aufschrie und begann, sich zu winden, wobei er sich den Körper hielt.

Zach sprang auf die Füße, wich einem wilden Schlag von Flaum aus und zielte mit ein paar Schlägen auf dessen Gesicht, bis seine Augen nach hinten rollten.

Halstuch nutzte diese Zeit, um sich zu erholen, und wollte sich auf Zach stürzen, schrie aber nur, als dieser mit den Händen auf Halstuchs Ohren schlug. Das setzte ihn außer Gefecht.

Als er sich umdrehte, sah er Pockennarbe mit offenem Mund dastehen, vermutlich, da Dad sich in einen Löwen verwandelt und ihn angesabbert hatte.

Was Fluffy anging, sie blieb in halbwegs menschlicher Gestalt und hatte ihren Angreifer zu Boden gedrückt, wo sie ihn am Hals festhielt und ihre Waden sich dabei durch ihre neuen Schuhe auf schöne Weise hervorwölbten.

Natürlich bemerkte sein Vater es und glotzte.

In weniger Zeit, als sein Vater brauchte, um Kaffee aufzusetzen und einen warmen Teller mit Keksen darauf herzurichten, hatten sie ihre Angreifer an Stühle gefesselt.

Sie waren zu viert und das Rudel schickte ein Team, um sie für Befragungen abzuholen.

Fluffy grummelte. »Vielleicht würden sie nicht weiter angreifen, wenn wir auf ein paar von ihnen herumkauen.«

»Eine Nachricht schicken. Gefällt mir«, bemerkte sein Vater, während er der Katze ein wenig Thunfisch aus dem Kühlschrank servierte.

»Das sehen die Menschen irgendwie nicht gern«, ermahnte Zach sie.

»Fleisch ist Fleisch. Du hast kein Problem damit, ein Steak zu kaufen und zu essen«, gab sein Vater zurück.

»Das ist anders.«

»Inwiefern?«

»Essen redet nicht«, erklärte Zach, und das nicht zum ersten Mal.

»Meins tut das manchmal«, fügte Fluffy der Unterhaltung hinzu.

»Du kennst sprechende Fische?«

»Gilt ein Walross als Fisch? Und ich habe ihn nur gefressen, weil er mich nicht in Ruhe lassen wollte. Es schien mir zu schade zu sein, ihn verderben zu lassen.«

»Du hast einen Walross-Gestaltwandler gefressen?« Walross im Sinne von großer, robbenähnlicher Kerl. Er rieb sich das Gesicht. »Nein. Dafür bin ich nicht bereit.«

»Wie viele schickt das Rudel?«, fragte Joe. »Ach, egal. Ich koche wohl besser noch mehr Kaffee.« Sein Vater humpelte davon, aber Fluffy blieb zurück. Neffi wählte diesen Moment, um zu zeigen, dass sie sein Erscheinen endlich bemerkt hatte. Sie kam näher, um sich um seine Knöchel zu winden. Er nahm sie in die Arme und zog sie zum Kuscheln an seine Brust, woraufhin sie schnurrte.

»Das ist mein süßes Baby.« Er schmuste mit der plötzlich sehr liebevollen Katze.

Es endete in dem Moment, in dem Fluffy ihre Hand auf seinen Arm legte.

Neffi holte aus und fauchte.

Fluffy fauchte zurück. Mit funkelndem Blick

vergrub Neffi ihre Krallen in seinem Arm und sprang herunter.

»Ich verspreche dir, dass ich es wiedergutmachen werde«, rief er seiner davonlaufenden Katze hinterher.

»Bist du sicher, dass sie kein Essen ist?«, fragte sie.

»Wir essen keine Haustiere.«

»Nicht mein Haustier.« Hätte sie nicht gegrinst, hätte er den Scherz möglicherweise nicht verstanden.

»Böse Fluffy.« Er lächelte ebenfalls, damit sie es nicht als Tadel auffasste.

»Wann brechen wir auf?«, fragte sie. Sie wusste, dass der Angriff ihren Zeitplan verkürzt hatte. Jetzt konnten sie nicht mehr bis zum Morgen warten.

»Wir warten nur darauf, dass jemand meinen Vater und Neffi abholt.« Er würde sie nicht ungeschützt zurücklassen. »Also dauert es nicht lange.« Es hinge davon ab, wie schnell das Team unterwegs war oder ob sie jemanden in der Nähe finden konnten, der schneller da wäre.

»Böse.« Sie betrachtete die gefesselten Männer, von denen keiner tot war. Aber der Kerl, der den Absatz in die Kehle bekommen hatte? Ihm würde eine Weile möglicherweise das Sprechen schwerfallen. Das Essen auch.

»Ja. Böse. Ich habe nicht erwartet, dass sie so schnell zuschlagen.« Fast, als hätten sie über seine Bewegungen Bescheid gewusst. Unmöglich, es sei denn ... er schickte eine Nachricht an den Technikdienst. *Werde möglicherweise verfolgt. Gehackt? Tauche unter.*

Er zerstörte sein Handy und damit die Möglichkeit, ihn zu verfolgen. Es war nur eine Person nötig, um verraten zu werden, so sehr er diesen Gedanken auch hasste.

»Es tut mir leid«, entschuldigte sie sich.

»Das muss es nicht. Es ist nicht deine Schuld. Wir wussten, dass sie dich vielleicht jagen würden. Wir werden sie abhängen, sobald wir aufbrechen.«

»Ich bin bereit«, verkündete sie, ihre beiden Einkaufstaschen in der Hand.

»Ich habe eine gepackte Schachtel im Kühlschrank«, sagte sein Vater, bevor er in die Küche zurückkehrte, um sie zu holen.

Nur weil er seinem Vater hinterhersah, landete Zachs Blick auf dem Küchenfenster, gerade rechtzeitig, um den Stein zu entdecken, als er auf die Fensterscheibe traf und sie zerbrach.

»Mistkerle«, rief sein Vater. »Warte nur, bis ich

die in die Finger kriege.« Sein Vater wirbelte herum und ging zur Seitentür, aber Zach sah immer noch zu und brüllte: »Feuer!« Denn eine brennende Flasche flog durch das offene Loch.

Er griff nach seinem Vater und zerrte ihn aus der Flugbahn, bevor er Fluffy vor sich in den Flur schob. Er hörte das Zischen mehr, als dass er es sah, als Glas zerbrach und den brennenden Alkohol verteilte.

Sein Vater riss sich los. »Meine Küche!«

Zach drehte sich um und entdeckte, dass sie bereits vollständig in Flammen stand. Die an die Stühle gefesselten Männer waren die ersten Opfer, obwohl er sich nicht sicher war, wie viel sie spürten, da sie alle Schaum vor dem Mund hatten.

Warum war jemand so versessen darauf, dafür zu sorgen, dass sie nicht befragt werden konnten?

Der Feueralarm legte los und Zach wusste, dass sie nicht viel Zeit hatten.

»Wir müssen los, Dad.«

»Los?« Sein Vater schien nicht zu verstehen, während er die züngelnden Flammen anstarrte.

»Es ist Zeit, sich zurückzuziehen«, sagte er.

Die bekannten Worte, die er als Kind oft zu Zach gesagt hatte, löschten die Verwirrung aus den Augen seines Vaters.

»Wir holen besser die Taschen.« Zach wusste es

besser, als über die Notfalltasche zu diskutieren, die sein Vater für den Fall einer Apokalypse aufbewahrte. Er nahm die grüne Tasche mit Tarnmuster aus der Diele, zusammen mit der grauen, die er für Zach gepackt hatte. Er bemerkte eine dritte dort, knallpink mit einer glitzernden Krone. Neffi hatte jetzt ihre eigene.

Fluffy hielt ihre Taschen fest, während sie durch die Tür lief, und seine Katze folgte ihr auf den Fersen.

»Wo ist der Schlüssel?«, fragte er seinen Vater, als sie zum Wagen liefen.

»Hier.« Sein Vater ließ ihn von seinem Finger baumeln. »Ich fahre.«

Zach hielt lange genug inne, um ihn anzufunkeln. »Fang jetzt bloß nicht damit an. Du weißt, dass ich dafür trainiert bin.«

»Meinetwegen. Aber zerkratze sie ja nicht«, warnte er, als er Zach den Schlüssel in die Hand drückte.

»Ich werde mein Bestes tun.« Obwohl das bald zur Herausforderung werden würde, wenn man das Fahrzeug bedachte, das die Auffahrt blockierte.

Sie stiegen alle ein, Fluffy und sein Vater auf der Rückbank, sein Baby Neffi vorn. Er startete den Motor, eine große, grummelnde Bestie. Er erinnerte sich daran, als Junge voller Stolz in diesem Wagen mitgefahren zu sein, in dem Wissen, dass er stilvoll unterwegs war. Er hatte ihn nur selten gefahren.

Rauch drang aus der Tür des Hauses, als er den Rückwärtsgang einlegte und seinem Vater einen Schrei entlockte, als er über den Rasen fuhr und über den Gehweg holperte, um dem sie blockierenden Wagen auszuweichen.

Erst als sie die Sirenen und den Rauch hinter sich gelassen hatten, sagte er: »Na ja, ich schätze, jetzt gibt es nur noch einen Ort, an den ich dich bringen kann, alter Mann.«

Kapitel Zehn

Der Ausdruck des Entsetzens in Joes Gesicht konnte nur etwas Schreckliches bedeuten.

»Nein. Ich gehe nicht.« Joe schüttelte heftig den Kopf.

»Du hast keine Wahl«, verkündete Zach, der den Wagen auf die Landstraße steuerte.

»Es gibt eine Wahl. Ich werde bei euch bleiben.«

»Du kannst nicht mitkommen. Wer würde sich um Neffi kümmern? Wir wissen beide, dass Oma sie vermutlich in einen Eintopf verwandelt.«

»Katzeneintopf?« Fluffy konnte nicht umhin, fasziniert zu klingen.

Zach schalt sie. »Keinen Katzeneintopf. Weil mein Vater dafür sorgen wird, dass meine Großmutter Neffi nicht als Zutat verwendet.«

Großmutter. Dieses Konzept weckte in ihr das Bild einer Frau, älter als sie, mit ergrauendem Haar und Falten im Gesicht, aber lächelnd und die Arme ausgestreckt.

Hatte sie eine Großmutter?

»Wer wird mich vor dieser alten Schachtel beschützen?«, gab Joe zurück.

»Sie ist deine Mutter«, war Zachs trockene Antwort.

»Ein Kind sollte ausziehen, nicht wieder einziehen.« Joe würde nicht nachgeben. »Und muss ich dich daran erinnern? Sie lebt in diesem Seniorenheim.«

»Es ist eine mehrere tausend Quadratmeter große Ranch mit Gästezimmern.«

»Das ist Misshandlung«, sagte Joe, der sich auf der Suche nach Mitleid an sie wandte. »Er nutzt das als Ausrede, um mich in einem Heim abzuladen.«

Sie hatte keine Ahnung, was sie sagen sollte. Zach hingegen schon.

»Als würde ich mein hart verdientes Geld verschwenden.«

»Willst du sagen, ich sei es nicht wert?«, gab sein Vater zurück. Während sie diskutierten, machte sie es sich auf der rechten Seite der Rückbank bequem und versuchte, alles zu verarbeiten, was passiert war.

Den Angriff. Die Menschen, die ihr Fragen stellten. Wie sie Zach und sich in Gefahr gebracht hatte. Seinen Vater und die freche Katze auf dem Vordersitz.

Was noch traumatisierend war? Der Kratzer an ihren neuen Schuhen, wo sie während des Tritts in das Gesicht ihres Angreifers seine Zähne gestreift hatte.

Sie würde ein neues Paar brauchen, während sie dieses reparieren ließ. Während sie sie anstarrte, sah sie einen anderen Ort, einen Schrank mit einem dreistöckigen Gestell voll davon. Absätze. Stiefel. Offene Zehen. Geschlossen. So viele wunderschöne Schuhe. Gehörten sie ihrer Mutter?

Und wer war ihr Vater? Es störte sie, dass sie sich an nichts erinnerte. Sie war nicht so jung gewesen, als ihre Mutter gestorben war. Vierzehn. Kein Baby, und doch –

Denk an die Schatulle. Die kurze Erinnerung ließ sie ihre Beklemmung ignorieren. Sie musste sich auf das Jetzt und die wichtigste Sache konzentrieren: den Schatz zurückzubekommen. Bisher waren sie in die richtige Richtung unterwegs. Er zog an ihr, flüsterte und verlangte, dass sie zu ihm kam.

Und wenn sie wiedervereint waren, was dann?
Mach dir später Gedanken darum. Schlaf.

Sie schlief.

Sie fuhren, bis Zach anhalten musste, um zu tanken. Sie ging über der Toilette in die Hocke, anstatt sich hinzusetzen, überwiegend weil die sichtbaren nassen Stellen widerlich waren.

Sie fuhren weiter und Zach stimmte schließlich zu, seinen Vater das restliche Stück übernehmen zu lassen. Da die Katze sich nicht rühren wollte, setzte Zach sich neben sie auf die Rückbank und schlief sofort ein. Es war einfach für sie, seinen Kopf in ihren Schoß zu legen. Es erinnerte sie an ihre Zeit im Käfig. Ein beängstigender und doch intimer Moment.

Sie fuhr mit den Fingern über seine Schläfe. Gemeinsam waren sie geflohen.

Er hatte bewiesen, dass sie ihm vertrauen konnte. Er hatte sie beschützt.

»Er mag dich«, beichtete Joe.

»Nein, das tut er nicht.« Sie kannte Zach mittlerweile gut genug, um zu wissen, wie sie ihn reizte. Manchmal tat sie es absichtlich.

»Er hat noch nie zuvor ein Mädchen mit nach Hause gebracht.«

Es begeisterte sie, machte sie aber traurig. Es war vermutlich das letzte Zuhause, das sie jemals sehen würde. Sobald sie die Schatulle fand, würde sie sich eine neue Höhle suchen, in der sie sich verstecken konnte.

Äh, was? Sie hörte die Stimme in ihrem Kopf, wie sie die Frage stellte, und dann bekam sie eine gruselige Antwort.

Du musst den Schatz beschützen. An einem abgelegenen Ort. Verlassen.

Sie blinzelte. *Nein.*

Es ist deine Pflicht. Die Härte dessen war erschütternd.

Vielleicht will ich ihn nicht beschützen. Das wollte sie nicht, und doch wollte es ein Teil von ihr. Es pulsierte in ihr und wollte zurück zu der Schatulle.

Es war nicht normal. Irgendetwas kontrollierte sie.

Schlaf.

Sie wachte auf und sah Zach, der immer noch in ihrem Schoß lag und sie anstarrte. Sie lächelte. Er begann, ihr Lächeln zu erwidern, dann erwischte er sich dabei und verfinsterte seinen Blick.

Er drückte sich aus ihrem Schoß hoch und lehnte sich zwischen die Sitze, um Joe zu fragen: »Wo sind wir?«

»Fast da.« Diese unheilvolle Aussage wurde

genau in dem Moment getroffen, in dem die Scheinwerfer seines Wagens ein Schild erhellten.

Privatgelände. Unbefugte werden erschossen.

Alles andere als freundlich und sicherlich illegal. Sie sahen ein weiteres Schild ein Stück die Straße hinauf. *Jetzt wenden.* Gefolgt von einem *Wir meinen es ernst.* Der sich windende Weg führte sie zwischen Bäumen hindurch, die die Straße immer mehr verengten, je weiter sie fuhren. Während sie den vorbeiziehenden Schatten zusah, hätte sie schwören können, dass sie eine Bewegung bemerkte.

Licht begrüßte sie in Form von strahlenden Pfählen, von der Art, die sich den ganzen Tag über mit Sonnenlicht aufluden und dann zu leuchten begannen, wenn es dunkel wurde. Sie säumten eine breite Kiesauffahrt, die sich teilte. Aber sie parkten neben einem auslandenden Gebäude, einem Ort mit mehr als nur ein paar Anbauten. Das nicht zusammenpassende Holz zeigte, wo der eine Teil anfing und andere aufhörten. Eine riesige Veranda führte zu den Haupttüren und beheimatete ein halbes Dutzend Schaukelstühle und zwei Hängematten, von denen eine belegt war. Die darin schlafende Person ließ ein Bein heraushängen.

Sie blieben stehen. »Wir sind hier«, verkündete

Joe, ohne sich zu rühren. Er umklammerte das Lenkrad.

»Warum gehst du nicht nachsehen, ob Oma wach ist, während ich den Schlüssel zum Gästehaus hole?«, schlug Zach vor.

Joe warf ihm einen Blick zu. »Warum machst du das nicht? Sie wartet seit Weihnachten darauf, dich zu sehen.«

Zach verzog das Gesicht. »Ich habe es nicht zum Abendessen geschafft. Sie kann unmöglich noch immer wütend sein.«

»Oh, sie ist wütend«, sang Joe.

Der Streit brodelte und auch wenn sie ihn genießen wollte, konnte sie etwas Köstliches riechen. Es war eine Weile her, seit sie etwas gegessen hatten. Sie sprang aus dem Wagen und streckte sich, bevor sie rief: »Hallo?«

Zach stürzte durch dieselbe Tür wie sie und brachte sie zum Schweigen. »Manche der Bewohner sind missmutig, wenn sie geweckt werden.«

»Warum schlafen sie denn tagsüber auch?« Sie reckte ihr Gesicht der Morgensonne entgegen.

»Weil alte Leute nur schlafen. Weshalb ich weiß, dass ich für einen solchen Ort noch nicht bereit bin«, verkündete Joe, der aus dem Wagen ausstieg.

Zach prustete. »Du schläfst ständig in deinem Sessel.«

»Wegen der Katze. Ich kann mich nicht gerade bewegen, wenn sie Mittagsruhe hält.«

»Du bist voller Scheiße, sogar deine Augen sind schon braun davon«, erwiderte Zack.

»Das bezweifle ich, da ich jeden Tag ein Glas Pflaumensaft trinke.«

Über den Lärm ihres Streits hinweg setzte ein seltsames Geräusch ein, das immer lauter wurde. Ein Surren, Pfeifen und dann flog ein Gegenstand vorbei. Der Schuh traf Joe im Gesicht.

Joe taumelte und Zach lachte. »Sieht aus, als wäre Oma wütend auf dich.«

Zisch. Knall. Bumm.

Zach fuhr zusammen. »Oma!« Er hielt sich mit einer Hand den Bauch. »Wo bleibt die Liebe?«

»Welche Liebe? Ihr seid Fremde für mich. Undankbare Bälger, die niemals zu Besuch kommen«, verkündete eine Frau, als sie aus dem Wald trat. Sie war klein. So klein. Mit stahlgrauem, gelocktem Haar und einem pinkfarbenen Trainingsanzug, der glitzerte. Keine Schuhe.

»Du kannst es mir nicht verübeln, dich nicht besucht zu haben. Du warst seit Weihnachten auf dieser Kreuzfahrt. Wann bist du zurückgekommen? Vor drei Tagen?«, gab Joe zurück.

»Drei Tage ohne Liebe«, argumentierte sie, als sie näher kam.

Neffi wählte diesen Moment, um mit hoch erhobenem Schwanz aus dem Wagen zu springen. In dem Moment, in dem sie Oma sah, fauchte sie.

Oma grinste. »Was für ein guter Junge, bringt mir frisches Fleisch mit.«

»Wage es nicht, meine Katze zu essen!« Zach griff nach Neffi, die ausholte und ihn blutig kratzte.

»Weil du meinen Enkel verletzt hast, werde ich dich auch zu Fäustlingen verarbeiten«, verkündete Oma.

Joe warf sich vor die beiden. »Nur über meine Leiche.«

»Die sollte ausreichen, um die Truppe für einen Abend zu füttern.« Oma musterte ihn und Fluffy fragte sich, ob sie plante, ihn roh oder gekocht zu servieren. Mit seinem dicken Bauch wäre Joe knusprig.

»Du isst die Gesichter von Leuten?«, fragte Fluffy mit leiser, kehliger Stimme.

»Wann immer ich die Gelegenheit dazu bekomme«, prahlte Oma.

Fluffy rieb sich die Hände. »Lecker. Hast du

Salz oder Ketchup?« Ihre beiden neuen Lieblingsdinge.

Oma neigte den Kopf. »Wen willst du essen, Kind?«

»Dich. Dann ihn.« Sie zeigte auf den Kerl, der von der Hängematte aus zusah.

»Fluffy, was habe ich darüber gesagt, Leute zu essen?«, tadelte Zach.

Sie schmollte. »Oma hat gesagt, ich dürfe es.«

Oma schnupperte. »Wer ist dieses verrückte Mädchen? Ich mag sie. Komm mit mir. Ich werde dir etwas Besseres geben als ein altes faltiges Gesicht.«

»Speck?«, fragte sie, wobei sie den schnellen Schritten der kleinen alten Dame folgte.

»Magst du Speck?«

Sie nickte. »Und Hamburger. Und Pommes.«

Oma lachte. »Na dann, wie wäre es mit Speck und Pfannkuchen, zusammen mit Bratkartoffeln und Saft? Vielleicht ein paar Eier. Ein wenig Toast. Magst du Marmelade?«

»Ja!« Fluffy folgte ihrem Bauch und der Frau, die versprach, ihn zu füllen.

Kapitel Elf

»Ich sage dir, dieses Mädchen würde in den Minivan einsteigen, wenn man ihr Süßigkeiten anböte«, verkündete Joe, der Fluffy dabei zusah, wie sie mit Oma verschwand.

»Das würde sie.« Es ließ sich nicht leugnen, dass es ihr an einem gewissen Maß an Selbsterhaltungstrieb fehlte, was in Zach die Frage aufwarf, wie sie überlebt hatte.

»Planst du, sie zu deiner Gefährtin zu machen?«

»Was?« Zach hielt inne, anstatt seinem Vater die Stufen zur Veranda hinauf zu folgen. »Nein. Natürlich nicht.«

»Ich habe gesehen, wie du sie ansiehst«, zog sein Vater ihn auf.

»Ich weiß nicht, wovon du sprichst.« Eine Lüge,

denn er wusste es. Zach starrte sie ständig an, wenn er dachte, sie würde nicht hinsehen. Sein Vater hatte ihn erwischt und sie wussten beide, dass es nicht Zachs übliche Art war.

»Sie würde einen guten Brutkasten abgeben. Breite Hüften.«

»Dad!« Er flüsterte seinen Namen. »Solchen Mist kannst du nicht sagen. Es ist falsch.«

»Warum ist es falsch? Es ist ein Kompliment. Sie hat gute Hüften, die zum Herausdrücken von Babys gemacht sind. Hübsches Gesicht. Ein wenig ungeschliffen, aber das bist du auch.«

Zach rieb sich mit einer Hand über sein Gesicht. »Dad, ich mache sie nicht zu meiner Gefährtin. Sie ist ein Job.«

»Ein Job?«, prustete sein Vater. »Okay. Rede dir das nur weiter ein, Junge.«

Dad ging hinein, aber Zach hielt noch einen Moment länger inne. Sein Vater lag falsch. So falsch. Er beabsichtigte nicht, sich häuslich niederzulassen. Und Kinder? Andere Leute hatten Kinder. Er hatte seine Katze – die seinem Vater hineingefolgt war.

Wollte Neffi ihm auch etwas mitteilen?

Dennoch ... der Gedanke daran – er und Fluffy?

Nein. Und nicht nur wegen der Sache mit der Spezies. Es mangelte ihr an einer Reife, die er bei

Frauen mochte. Er würde sie nur ausnutzen, und so ein Kerl war er nicht.

Er betrat das Anwesen und ging zur Küche. Auch wenn es einen Essbereich gab, zogen es die meisten Bewohner vor, ihre eigenen Mahlzeiten zuzubereiten.

Er wusste, dass er seine Großmutter dort finden würde, und sie hatte ein paar Freundinnen, die ebenfalls in der Küche zu Gange waren, was sofortige Rivalität bedeutete. Wer machte die leckersten Eier? Rührei, pochiert, serviert mit einer Sauce béarnaise? Speck, Schinken oder Würstchen? Maisgrütze und Bratkartoffeln.

So viel köstliche Dinge kamen aus dieser Küche, aber Zach wurden nur ein paar Bissen erlaubt, bevor Oma ihn am Ohr packte und hinauszerrte.

»Kann ich nicht zuerst essen?«, beschwerte er sich.

»Nein. Ich will wissen, was du mit diesem Mädchen gemacht hast. Sie verhält sich, als hätte sie in einem Keller gelebt. Sie isst, als hätte sie noch nie anständige Speisen gesehen.« Oma spähte in die Küche, wo Fluffy sich ins Zeug legte und das aufgehäufte Essen verputzte.

Er rieb sich sein Ohrläppchen und funkelte sie an. »Sie verhält sich so, weil ich sie in einem verborgenen Vulkansystem in der Arktis gefunden habe.«

Oma blinzelte ein paarmal. »Sie gefunden? Und was dann? Hast du sie adoptiert wie ein Haustier?« Sie schlug ihn.

»Nein, sie hat mich adoptiert. Irgendwie. Sie hat sich in meinem Helikopter versteckt, also habe ich Hayder darum gebeten, jemanden zu schicken. Aber mir wurde aufgetragen, sie zu beschützen, und dann wurden wir entführt und Dads Haus wurde in Brand gesteckt, also sind wir hier geendet. Was dich vermutlich in Gefahr bringt. Wir sollten gehen.«

»Hast du uns gerade als schwach und alt bezeichnet?«

»Niemals.«

»Es ist gut, dass ihr hergekommen sind. Dieses Kind war offensichtlich am Verhungern.«

»Ich schwöre, ich habe sie versorgt. Sie ist ein Fass ohne Boden.«

»Sie ist recht gefräßig. Ich habe noch nie gehört, wie ihre Art um Speck gebeten hat.«

»Was meinst du mit *ihre Art*? Weißt du, was sie ist?«

»Ja, auch wenn es eine Weile her ist, dass ich auf einen getroffen bin. Sie sind schüchtern und kommen nicht oft aus den Bergen heraus.«

»Berge im Sinne von Rocky Mountains.«

Oma nickte. »Ihr Volk hat bereits vor langer Zeit Anspruch auf sie erhoben.«

»Wie kann es sein, dass ich zum ersten Mal davon höre, dass Bigfoot real ist?«

»Dieser Begriff ist abwertend.«

»Meinetwegen. Yeti.«

»Sie ziehen Sas'qets for.«

»Sasquatch.«

»Das ist der geläufigere Begriff, ja.«

»Sie sind ein Mythos.«

»Weil sie gut darin sind, sich unsichtbar zu machen. Es heißt, man kann einen von ihnen direkt ansehen, ohne es jemals zu wissen.«

Da er ihre Tarnung gesehen hatte, verstand er es. »Aber du wusstest, was sie ist.«

»Nur weil sie nicht versucht, sich zu verstecken. Ihr Duft ist einzigartig, wenn sie außerhalb des Waldes sind.«

Das war er. »Wo in den Rocky Mountains leben sie?«

»Überall. Ich wüsste nicht, dass ihnen eine Stadt oder eine bestimmte Gegend gehört. Sie ziehen es vor, sich einzufügen und weit verstreut zu leben.«

»Ich frage mich, ob sie sich an ihr Zuhause erinnert und ob sie mich deshalb dorthin fahren lässt«, dachte er laut nach.

»Sie weiß nicht, wo ihr Zuhause ist?«, fragte Oma.

»Sie hat ihr Erinnerungsvermögen verloren. Wie gesagt, sie war vielleicht lange Zeit weg vom Fenster.«

»Das ist egal, du solltest versuchen, sie zurückzubringen.«

»Wenn sie tatsächlich aus den Rocky Mountains kommt. Ich habe sie in der russischen Arktis gefunden.«

»Spricht sie Russisch?«

»Ich glaube nicht.« Ihm war nie eingefallen, jemanden darum zu bitten, sie zu fragen.

»Selbst wenn sie nicht aus den Bergen stammt, wird ihre Art wissen, wie man sie mit anderen Gruppen in Verbindung bringt.«

»Sie sind Gestaltwandler wie wir.«

»Dieser Meinung sind sie nicht. Wie ich es verstehe, liegt es daran, dass sie nur in einer empfindungsfähigen Version existieren, was sie aus irgendeinem Grund in ihrer Bestimmung reiner macht.«

»Die Sasquatch sind Snobs?« Konnte dieser Tag noch seltsamer werden?

»Auf gewisse Weise, ja. Sie haben nicht gern mit anderen zu tun und haben deutlich gemacht, dass sie in Ruhe gelassen werden möchten. Es wird ihnen nicht gefallen, dass du einen von ihnen gefangen hältst.«

»Sie ist in Gefahr. Ich beschütze sie, wie es mir befohlen wurde.« Es war eine starrköpfige Haltung und seine Großmutter stocherte darin herum.

»Hat der Schutz des Rudels nicht Vorrang vor jeder Mission?«

»Ich bezweifle, dass unser König um einen einsiedlerischen Stamm besorgt ist, der in den Bergen lebt.«

Sie tätschelte seine Wange. »So dumm. Das hast du von deiner Mutter.«

Er hätte widersprochen, aber seine Mutter war dumm. Sie hatte ihn zurückgelassen, bevor er überhaupt ein Jahr alt geworden war. Manche Leute sollten keine Kinder bekommen. Oder Gefährten. Sein Vater hatte nie wieder geheiratet.

Nachdem Oma gegangen war, um zu sehen, ob die bodenlose Fluffy noch mehr Nahrung brauchte, nahm sein Vater ihren Platz ein, wobei er sich Neffi um den Hals gelegt hatte.

Sein Vater warf einen besorgten Blick über seine Schulter und flüsterte: »Du kannst mich nicht hier zurücklassen. Da ist eine Dame, die mich fragt, ob ich später Vanillesoße haben will.«

»Du liebst Vanillesoße.«

»Ich glaube, sie meint Sex!« Die Stimme seines Vaters ging genauso in die Höhe wie seine Augenbrauen.

Zach fiel es schwer, keine Miene zu verziehen. »Es ist in Ordnung, Nein zu sagen, Dad.«

»Und ihre Gefühle verletzen?«

»Weißt du, vielleicht solltest du ausprobieren, wie dir die Ranch als Alternative zum Stadtleben so zusagt.«

»Ich ziehe nicht um.« Sein Vater war stur.

»Du wirst keine Wahl haben, nachdem dein Haus niedergebrannt ist.« Er hatte eine Nachricht darüber auf seinem Handy gesehen. Totalschaden. Er nahm an, dass auch sein Vater es wusste.

»Ich werde in einem Hotel bleiben, bis die Versicherung zahlt und ich das Haus reparieren lassen kann.«

»Es lässt sich nicht reparieren, und du kannst nicht so lange in einem Hotel wohnen.«

Sein Vater musterte ihn. »Ein guter Sohn würde seinen Vater bei sich aufnehmen.«

»Ich habe nur eine Zweizimmerwohnung und

ich schlafe nicht auf der Couch, weil du dir irgendwelche Illusionen machst.«

»Du versuchst, mich loszuwerden.«

»Nein, ich bin besorgt darum, dich allein in diesem Haus zu lassen, selbst wenn es repariert werden kann.« Die Gegend war nach der letzten Rezession unsicherer geworden, da Häuser aufgrund geplatzter Hypotheken verlassen worden waren. Ganz zu schweigen davon, dass sein Vater mit seinem steifen Bein und zunehmendem Alter nicht die ganze Zeit allein sein sollte. Ein Ort wie die Ranch bot ihm Platz und Unterstützung. Auch wenn er vielleicht einen Ort finden sollte, an dem Oma sich nicht aufhielt.

»Dieses Haus ist bezahlt. Es gehört mir. Es ist alles, was ich habe.« Sein Vater war offen und ehrlich.

Zach schnürte sich die Kehle zu. »Du hast mich. Und meine verdammte Katze. Denn lass uns ehrlich sein, sie liebt dich.«

Sein Vater blickte auf Neffi herab, die sich zwischen seinen Beinen hindurchschlängelte und ihn mit ihrem Duft markierte. »Es hat mit meinem Hummer-Mousse angefangen. Ich habe noch nie gesehen, wie jemand es so sehr genossen hat wie sie.

Sie ist die Feinschmeckerin, nach der ich gesucht habe. Nicht wahr, Liebling?«

Zachs Blick wurde finster. »Du hast meine Katze gestohlen.«

»Du hast mir meine Jugend gestohlen.«

Noch ein paar spitze Bemerkungen, dann umarmten sie einander.

»Sei vorsichtig, Junge. Ich würde dich vielleicht ein wenig vermissen, wenn du weg wärst.«

»Kaum. Ich weiß. Versuche, nicht die Haustierer anderer Leute zu stehlen«, sagte er mit einem Blick auf seine Katze, die ihm ein Nicken schenkte.

Er hatte sie so lange geliebt, wie sie es ihm erlaubt hatte. Jetzt zog seine süße Prinzessin weiter.

Aber er tat es auch. »Fluffy, wir müssen los«, verkündete er, als er zurück in die Küche ging.

Was darin resultierte, dass er zuerst einen vollgehäuften Teller mit Essen zu sich nehmen musste, während Oma und ihre Freundinnen eine Kühlbox und einen Picknickkorb packten, den man mit beiden Händen tragen musste.

Laut des Navigationsgerätes blieben ihnen noch ungefähr achtzehn Stunden der Fahrt, bevor sie die Stadt Missoula am unteren Ende der Rocky Mountains erreichten.

Er bewältigte die Fahrt in fünfzehn Stunden,

wobei er nur wenige Haltepausen machte, um sich mit Koffein zu versorgen oder sich zu erleichtern.

Als sie auf den Parkplatz des Motels fuhren, das neonfarbene Stühle auf der Betonterrasse vor jedem Zimmer und farblich dazu passende Türen hatte, hätte er am liebsten im Wagen geschlafen.

Glücklicherweise bekam er ein Zimmer, dessen Einrichtung eine Mischung aus braunen und beigen Farbtönen war. Ein brauner Teppich mit Wirbelmuster. Eine braune Steppdecke mit dunkelblauem Zickzackmuster. Strukturiert – cremefarben strukturiert –, das ließ sich am einfachsten ausbessern.

Zwei Betten und eine Kommode, auf der ein Fernseher verschraubt war. Ein Badezimmer mit einer kleinen Wanne und einer Dusche mit annehmbarem Wasserdruck.

Er zeigte darauf und sagte ernst zu Fluffy: »Kein Wasser über den Rand schwappen lassen.«

»Zu klein«, antwortete sie mit heruntergezogenen Mundwinkeln.

»Ich muss schlafen. Benimm dich«, mahnte er. Sicherheitshalber klemmte er einen Stuhl unter die Klinke ihrer Zimmertür, dann ließ er sich auf das Bett fallen und schlief in dem Moment ein, in dem sein Kopf auf dem Kissen landete.

Kapitel Zwölf

ZACH HATTE GESAGT, SIE SOLLE SICH BENEHMEN.

Was auf verschiedene Arten interpretiert werden konnte.

Er hatte nicht gesagt, sie solle im Zimmer bleiben.

Fluffy beäugte die Tür, die er blockiert hatte. Wie sollte sie sich an irgendetwas erinnern, wenn sie nichts erlebte und sah? Ganz zu schweigen davon, dass die unablässige Anziehungskraft umso stärker geworden war, je näher sie den Bergen kamen.

Irgendetwas hatte sie hierhergeführt. Es hatte verlangt, dass sie tiefer zwischen den hohen Gipfeln eintauchte. Die Rocky Mountains waren wunderschön. Groß und mit weißen Spitzen. Sie wollte sie erkunden.

Sie verlor sich in ihren Gedanken, während sie auf sie zuging, und es war das Ertönen einer Hupe nötig, um zu erkennen, dass sie irgendwie nach draußen gelangt war.

Jemand führte sie von der Straße und fragte: »Miss, geht es Ihnen gut?«

»Ja.« Warum auch nicht?

»Brauchen Sie Hilfe? Sind Sie verletzt?« Der Mann, der ein T-Shirt mit einem Cartoon darauf trug, unter dem *Haben Sie mich gesehen?* stand, schien besorgt zu sein.

»Es geht mir gut. Aber das ist nicht witzig«, sagte sie, wobei sie auf das Bild auf seiner Brust zeigte. »Unsere Gesichter sehen nicht so aus.«

Er blieb verwirrt zurück, während sie davonstolzierte und voller Staunen ihre Umgebung betrachtete.

Neu und doch nicht neu. Alles um sie herum kam ihr bekannt vor. War sie genau an diesem oder einem ähnlichen Ort gewesen?

Während Fluffy weiterging, zog sie einige Blicke auf sich. Sie hatte erneut ihren Mantel vergessen und wirkte verglichen mit allen anderen zu wenig bekleidet. Warum war den Leuten nicht zu warm?

Sie bemerkte zwei Frauen auf der anderen Straßenseite, die ihre Mäntel offen trugen. Nächstes Mal würde sie das versuchen, denn niemand starrte die beiden an. Bis auf sie.

Und es zog den Blick einer der Frauen auf sie. Ihre Augen wurden groß. Ihr Mund öffnete sich. Ihre Freundin hörte auf, mit ihr zu reden, und drehte sich um, um zu sehen, was ihre Aufmerksamkeit erregt hatte. Die Freundin runzelte die Stirn.

Sie machten einen Schritt in ihre Richtung.

Nein.

Fluffy entschied, dass es wieder an der Zeit war, unsichtbar zu werden. Zuerst verwischte sie ihre Spur. Sie ging die Straßen auf und ab. Machte kehrt. Hielt Ausschau nach den Frauen. Sie hätte nicht rauskommen sollen. Zach wäre so wütend.

Aber als sie schließlich in ihr Zimmer zurückkehrte, nachdem sie sich durch das Badezimmerfenster geschlichen hatte, fand sie ihn immer noch schlafend vor. Friedlich und warm. Sie kuschelte sich hinter ihn, legte vorsichtig den Arm um ihn und döste, bis er sich in ihrem Griff versteifte.

»Hast du dein Bett kaputt gemacht?«, fragte er angespannt.

»Nein.«

»Warum bist du dann in meinem?«

»Schön«, verkündete sie, wobei sie sich an ihn

schmiegte. Sein Duft war reizvoll. Seine Berührung war aufregend.

»Das ist nicht angemessen.«

»Mir egal.« Regeln galten für sie nicht.

»Ich sollte aufstehen.«

»Mm-hmm«, brummte sie, während sie ihre Nase in seinem Nacken vergrub. Er erschauderte.

»Tu das nicht.«

»Warum?«, flüsterte sie an seiner Haut. Er zitterte erneut.

»Weil.«

»*Weil* ist keine Antwort.« Sie sang es, als wäre es etwas, das sie bereits Hunderte Male gehört hatte.

»Du bist eine attraktive Frau, die eine traumatische Erfahrung durchgemacht hat. Es wäre un-«

Sie unterbrach ihn, indem sie ihn auf den Rücken drehte, sich rittlings auf ihn setzte und ihm ein Lächeln schenkte.

»Du bist nicht derjenige, der etwas tut.« *Sie* war diejenige, die etwas von ihm begehrte. Sie glitt gerade weit genug hinunter, sodass sie sich an der harten Erhöhung in seiner Leistengegend reiben konnte. »Mmm.« Sie brummte erneut.

»Ich kann nicht.«

»Du bist doof.« Die Worte kamen einfach aus ihr heraus.

»Würdest du dich besser fühlen, wenn ich dir etwas zu essen besorge?«

»Ja!«

»Warum duschst du nicht, während ich etwas auftreibe?«

»Okay«, stimmte sie zu. Immerhin genoss sie heißes Wasser und sehnte sich nach Nahrung. *Danach* würde sie Zach bezüglich der anderen Sache bearbeiten, die sie brauchte.

Sex.

Kapitel Dreizehn

Sein Löwe war wütend, dass er gegangen war, aber was sonst konnte Zach tun? Hayder hatte ihm nicht gesagt, er solle Fluffy bewachen und verführen.

Sie stand unter seiner Obhut. Er hatte eine autoritäre Stellung. Er durfte sie nicht ausnutzen. Aber was sollte er tun, wenn sie sich ihm an den Hals warf?

Sie abwehren?

Als sie unter die Dusche ging, verließ er das Zimmer und schloss die Tür hinter sich ab. Er machte sich keine Sorgen mehr darum, dass sie in Panik verfallen und flüchten würde. Auf der anderen Seite würde es eines seiner Probleme lösen, wenn sie flüchtete.

Der Laden auf der anderen Straßenseite verkaufte alles, von Klamotten über Lebensmittel bis hin zu Alkohol. Dazu kamen noch Sexspielzeuge, die hinter einem Vorhang versteckt waren, der sich aufgrund des leuchtenden Schildes mit dem Schriftzug *Spaß für Erwachsene* als sinnlos erwies.

Er füllte einen Einkaufswagen. Viel vorgekochtes Fleisch, da Fluffy Eiweiß zu bevorzugen schien. Er besorgte ihr ein paar Springerstiefel. Sie hatten ein pinkfarbenes und graues Muster und Stahlkappen. Sie passten zu dem T-Shirt, auf dem *It's Sasquatch, bitch* stand.

Bei seiner Rückkehr in das Motel bemerkte er, wie sich ein Vorhang im Zimmer neben dem seinen bewegte. Vermutlich jemand, der auf einen Lieferjungen wartete. Oder auf eine Prostituierte. Hoffentlich war sie nicht laut.

Als er das Zimmer betrat, erwischte er Fluffy gerade noch dabei, wie sie sich ein Plastikmesser an ihr Haar hielt.

Er schloss die Tür mit seinem Fuß. »Was tust du da?«

»Ich schneide es.« Sie zog an dem nassen und strähnigen Vogelnest.

»Du schneidest dir nicht die Haare.« Er liebte

den Anblick, ein schimmernder Wasserfall aus Mondlicht.

Sie schürzte die Lippen. »Es ist verknotet und zerzaust.«

»Deshalb habe ich dir das hier gekauft.« Er streckte ihr eine Bürste entgegen.

Ihre Miene erhellte sich. Sie nahm sie ihm aus der Hand und versuchte, sich zu kämmen. Dann schrie sie und schleuderte die Bürste von sich. Sie prallte hart von der Wand ab.

»Ganz ruhig. Es ist nicht schwer, es zu lernen.«

»Ich muss nicht lernen. Ich kenne diese Dinge. Mir die Haare kämmen und im Sitzen pinkeln.« Sie umfasste ihre Wangen. »Ich bin nicht dumm. Ich kann so viel tun, und doch vergesse ich immer wieder.«

»Gib dir Zeit, dich einzugewöhnen.«

»Warum sollte ich mir die Mühe machen?«, war ihre Erwiderung, gefolgt von einem kurzen, verbitterten Lachen. »Sobald ich die Schatulle finde, werde ich wieder allein in einer anderen Höhle sein.«

»Sicherlich ist das nicht deine einzige Option.«

Sie zuckte die Achseln. »Ich weiß es nicht. Und das ist das Problem.«

»Willst du sie bewachen?« Es war ihm nie in den Sinn gekommen, dass sie es vielleicht nicht wollte. Aber auf der anderen Seite, was wusste er schon über sie?

»Ja-nein.« Es war, als hätten ihr Mund und ihr Verstand zwei verschiedene Antworten.

»Wie kamst du überhaupt dazu, sie zu bewachen?« Er hob die Bürste auf.

»Es war, nachdem meine Mutter gestorben ist.«

»Sie hat dir gesagt, dass du es tun sollst.«

Fluffy runzelte die Stirn. »Ich ... erinnere mich nicht.«

»Wie alt warst du?«

»Vierzehn.«

»Ein wenig jung, um eine solche lebenslange Verpflichtung einzugehen, findest du nicht?«

»Ich ...« Sie zögerte, bevor sie schließlich sagte: »Du hast recht. Ich muss zu jung gewesen sein.«

»Was bedeutet, dass es vielleicht an der Zeit ist, dass jemand anderes diese Aufgabe übernimmt.« Zach setzte sich auf das Bett und deutete auf die Stelle zwischen seinen Beinen. »Komm her. Lass mich dieses Nest auf deinem Kopf in Ordnung bringen.«

»Mit einer Schere ginge es schneller«, grummelte sie, bevor sie sich auf ihre Fersen vor ihn setzte.

»Als ein Mann, der kaum Haare hat, sollte ich vermutlich nichts sagen, aber deine Haare sind wunderschön.«

»Sie sind mir immer im Weg.«

Er hielt eine Faust voll davon fest und arbeitete sich durch die Knoten hindurch. »Wenn es dich stört, dann binde sie zusammen.«

»Womit?«

»Ich werde dir etwas besorgen.« Er kämmte weiter mit der Bürste durch die Strähnen, bis sie sich an ihn lehnte und förmlich schnurrte.

Und dennoch machte er weiter und spürte die Seide, die durch seine Finger glitt.

Als sie sich umdrehte, mit gesenkten Lidern und geöffnetem Mund, versuchte er, sich dazu zu ermahnen, distanziert zu bleiben. Professionell.

Er versuchte, sich von ihrem Reiz abzuschirmen. Sie legte ihre Hände auf seine Oberschenkel und beugte sich vor.

Sie küsste ihn. Sie presste ihren Mund auf seinen und er wich nicht zurück. Eine sanfte Berührung, die in einer Explosion seiner Sinne resultierte. Ihre Lippen öffneten sich an seinen, liebkosten ihn und ließen ihn vergessen.

Als er seine Hände in ihrem Haar vergrub und schließlich nachgab, um den Kuss zu vertiefen, stöhnte sie und setzte sich auf seinen Schoß.

Das war der Moment, in dem jemand die Tür eintrat.

Kapitel Vierzehn

Sie küsste ihn und er erwiderte ihren Kuss. Ihr Körper brannte, sehnte sich nach etwas Sinnlichem, nur um unterbrochen zu werden, als die Tür eingetreten wurde. Sie prallte gegen die Wand und jemand füllte den Türrahmen aus.

Gefahr.

Fluffy erhob sich mit einem Knurren, dazu bereit, das Gesicht desjenigen zu fressen, der sie unterbrochen hatte. Sie brodelte förmlich.

In der Tür stand eine sehr große Frau und starrte sie an. Sie hatte ungefähr ihr Alter und ihre Figur, stattdessen aber blonde Locken und grüne Augen. Sie trug ein kariertes Hemd, das Fluffy bekannt vorkam.

Bevor sie blinzeln konnte, stellte Zach sich

zwischen sie. »Wer zum Teufel bist du? Verschwinde aus meinem Zimmer.«

»Weg von ihr, du Widerling!«, warnte die Frau. »Wir werden nicht zulassen, dass du ihr wehtust.«

»Ich würde ihr niemals wehtun.«

»Wir haben sie aufschreien hören.«

Fluffy spähte um ihn herum, um zu sagen: »Vor Vergnügen.«

Aus irgendeinem Grund sorgte das dafür, dass der Frau die Kinnlade herunterfiel. Und je mehr Fluffy sie anstarrte, desto mehr bekam sie das Gefühl, sie bereits getroffen zu haben.

Plötzlich kam es ihr in den Sinn. »Ich habe dich heute Morgen gesehen. Du hast versucht, mir zu folgen. Ich habe Stunden gebraucht, um dich abzuhängen.«

Natürlich konzentrierte Zach sich auf den falschen Teil. »Du hast das Zimmer verlassen? Ich habe dir gesagt, du sollst dich benehmen.«

»Wie bitte? Du kannst meine Cousine nicht herumkommandieren, du Widerling«, verkündete die Blondine.

»Deine Cousine?«, rief Zach. »Du kennst Fluffy?«

»Was für ein verdammter Name ist denn Fluffy? Sie heißt Arleen, Arschloch.« Woraufhin die Frau den Kopf drehte und sagte: »Arleen, geht es dir gut? Wir haben uns schreckliche Sorgen um dich gemacht. Du warst so lange verschwunden.«

Der Name war wie ein Auslöser, als ein Blitz voller Erinnerungen in ihrem Gehirn explodierte.

Es begann mit einer, die ihr bekannt war.

Der Traum, in dem sie und ihre Mutter mit der Schatulle in die Höhle gingen. Sie waren irgendeiner dämlichen Scherzkarte in einem Buch gefolgt und dort geendet. Sie hatten gelacht und das gemeinsame Abenteuer genossen. Bis der Bär erschien.

Aber dann erweiterte sich die Erinnerung und sie sah mehr als nur die Zeit, während derer sie als Wilde gelebt und mehrmals beinahe gestorben wäre.

Die Schatulle hatte einen besseren Wächter gefunden. Einen neuen Bären, das Junge dessen, der gestorben war. Er befreite sie.

Sie wurde eines Tages gefunden, wie sie ohne ihre Mutter in die Stadt lief.

Ohne wirkliche Erinnerung an das, was passiert war. Ihre Familie war so dankbar, sie wieder zurückzuhaben. Weitere Erinnerungen entfalteten sich, wirbelten herum und zeigten, wie sie ihren Schulabschluss machte und aufs College ging. Wie sie einen Job bekam. Ein Leben, das dem normalen Weg folgte, sie aber nie richtig zufriedenstellte. Sie fühlte sich zu einem anderen Ort hingezogen. Zehn Jahre nach ihrer Rückkehr entschied sie, als Erwachsene in die Höhle zurückzukehren, wo sie ein zweites Mal genauso einfach gefangen genommen wurde. Eine Marionette der Schatulle. Sie verwandelte sie in eine stumpfsinnige Sklavin. In jemanden, der jagte und das Fleisch der frisch erlegten Beute aß.

Ein Tier.

Sie würgte.

Kapitel Fünfzehn

Zach fing Fluffy – äh, Arleen – auf, bevor sie stürzte, und hielt sie fest, während sie in ihrer Bewusstlosigkeit verzweifelte Geräusche von sich gab. Er ignorierte die böse dreinblickende Cousine und deren Forderung.

»Lass sie los.«

»Sie hat irgendeine Art Anfall. Sie muss sich hinlegen.« Er hob Arleen hoch und legte sie auf das Bett.

Die Blondine betrat den Raum und zischte: »Nimm die Hände von ihr.«

»Würdest du dich verdammt noch mal beruhigen? Ich habe ihr nicht wehgetan. Das ist nicht, wofür du es hältst.«

»Hattest du deine Hände auf ihr?«

»Ja. Aber sie hat sie dort platziert.« Sie war auf ihn geklettert; er musste sich an irgendetwas festhalten.

»Lügner. Du bist nicht Arleens Typ.«

»Arleen weiß nicht, dass sie einen Typ hat. Sie war so lange verschwunden, dass sie sich nicht daran erinnert, wer sie ist.«

»Wovon sprichst du? Sie war nur sechs Wochen weg.«

»Nein, das ist nicht richtig. Sie hat etwas davon erzählt, jung gewesen zu sein und ihre Mutter verloren zu haben.«

»Das war das erste Mal, als sie verschwand. Eine eigentlich sechzehntägige Reise wurde zu sechs Monaten. Und sie hat sich sofort an uns erinnert, sobald sie nach Hause kam.«

»Nur sechs Wochen, seit ihr zuletzt von ihr gehört habt?« Angesichts ihres Zustandes erschien das unmöglich. Er musste sich fragen, ob die Schatulle etwas mit ihrer rasend schnellen Regression zu tun hatte. Sie hatte eindeutig gesagt, dass sie sie nicht hatte bewachen wollen. Vielleicht besaß sie einen Schutzmechanismus, der Lebewesen dazu zwang, als Beschützer zu agieren.

»Bevor ich weiter mit dir rede, wer bist du?«

Er streckte ihr seine Hand entgegen. »Zachary

Lennox, Ostküsten-Rudel. Aktuell auf einer Mission für den König.«

Ihre Augenbrauen gingen in die Höhe. »Wie bitte? Seit wann hat Amerika einen König?« Sie blinzelte, als wäre sie verwirrt. Aber ihr Duft ... er erinnerte ihn zu sehr an Arleen.

»Du musst nichts vortäuschen. Du weißt, was ich bin. Genau wie ich weiß, dass du ein Sasquatch bist. Arleen ist es auch.«

Die Cousine presste ihre Lippen fest aufeinander. »Was hat ein Löwe hier in unseren Bergen verloren?«

Was sollte er sagen? Was, wenn sie sich des Artefakts nicht bewusst war? »Als Arleen sagte, dass sie sich an etwas in den Bergen erinnert, haben wir beschlossen, herzukommen und herauszufinden, ob der Anblick irgendetwas auslöst.«

»Vermutlich nur ein Vorwand. Alle wissen, dass deine Art verschlagen ist.«

»Meine Art?«

»Katzen. Alles Nervensägen, die in den Garten pinkeln und die Vögel vertreiben.«

»Ich bin ein Löwe, keine Hauskatze.«

»Ein und dasselbe. Ihrer Mutter wird nicht gefallen, dass Arleen sich mit einer eingelassen hat.«

Er runzelte die Stirn. »Ich dachte, ihre Mutter wäre gestorben.«

»Das war Mutter June. Ich spreche von ihrer anderen Mutter, Mama Maureen.«

»Und du bist?«, drängte er.

»Klara.« Sie schüttelte ihm nicht die Hand, trat aber zur Seite.

Plötzlich wurde die Tür erneut geöffnet und eine zweite Frau, gefolgt von einer dritten, trat ein.

Es war, als hätte der Wald das Zimmer erfüllt, frisch und kalt. Wäre er im Wald gewesen, hätten sie sich perfekt eingefügt. Aber in der Stadt konnten die Sasquatch ihren Duft nicht so gut verbergen.

»Geh weg von ihr«, verkündete die Älteste der Eindringlinge.

»Ich werde dich in einen Teppichvorleger verwandeln«, sagte die andere.

»Igitt. Kein Pelz, Pamela«, rief Klara aus. »Du weißt, dass ich nicht einmal das Kunstzeug ertragen kann.«

»Entschuldige.« Pamela ließ den Kopf hängen, während die ältere Frau finster dreinblickte.

»Seid still, ihr beiden, und lasst mich sehen.« Die Frau trat zur Seite und betrachtete Arleen auf dem Bett. »Ich fasse es nicht. Sie ist es.« Ihr eisiger Blick landete auf ihm. »Was hast du ihr angetan?«

»Nichts. Sie hat ihr Erinnerungsvermögen verloren. Ich habe geholfen, sie herzubringen, um zu sehen, ob es ihrem Gedächtnis auf die Sprünge hilft.«

Sie schürzte die Lippen. »Ihr Duft ist überall auf dir verteilt. Eine Katze. Ihre Mutter wird nicht begeistert sein.«

»Wir sind nicht so zusammen.« Aber wären sie nicht unterbrochen worden ...

»Hmpf. Was waren deine Absichten mit ihr?«

»Ich soll sie beschützen«, gab er zu.

»Warum sollte sie Schutz benötigen?«, fragte die ältere Frau.

Er sollte es eigentlich nicht sagen, aber zu lügen würde ihn vermutlich in sein frühes Grab bringen. An diesem Punkt musste er sich aus der Gefahr mogeln, indem er kühn war. »Hat sie euch je von einem Artefakt erzählt? Von ihrer Zeit, als sie verschwunden war?«

»Nicht schon wieder diese dämliche Schatulle.« Die ältere Frau verdrehte die Augen. »Ich schwöre, sie hat ihrer Mutter wirklich geglaubt, als diese behauptete, es sei irgendein magischer Schatz. Als sie zurückkehrte, hörte sie nicht auf, darüber zu reden und dass sie beschützt werden müsse.«

»Sie ist real.«

Aus irgendeinem Grund sorgte das dafür, dass sich alle drei Augenpaare auf ihn richteten. »Wie bitte?«, fragte die Älteste.

»Ich sagte, das Artefakt existiert. Und sie hat es bewacht. Aber es sind mehrere Leute auf einmal aufgetaucht, ein Kampf brach aus, sie wurde angeschossen –« Als die drei Damen gemeinsam zischend einatmeten, war er um seine Sicherheit besorgt, weshalb er fortfuhr: »Aber sie ist entkommen, bevor der Vulkan ausbrach, und hat sich in meinem Hubschrauber versteckt.«

»Du fliegst Hubschrauber?« Pamela schüttelte ihr Haar auf.

»Ja. Wie auch immer, sie wusste nicht, wer sie war, und als ich es gemeldet habe, wurde mir gesagt, ich solle ihr helfen. Und das war gut, da sich die Leute, die hinter dieser Schatulle her waren, als Nächstes auf sie gestürzt haben.«

»Warum?«, platzte Klara hervor.

»Ich werde sie nicht beschützen!« Die Worte kamen von Arleen, die auf dem Bett zuckte, bevor sie sich aufrecht hinsetzte. Sie öffnete die Augen und sah ihn. Ihr Blick verlor seine Panik und wurde weicher. Sie seufzte seinen Namen. »Zach.« Und dann berührte sie sein Gesicht.

»Was geht hier vor sich, Arleen?«, fauchte die ältere Frau.

Arleen sprang von seinem Schoß und erstarrte, die Augen weit aufgerissen. Ihre Hände zuckten an ihren Seiten, bevor sie winkte und schwach herausbrachte: »Tante Francine. Klara. Pamela. Dass wir uns hier treffen.«

Kapitel Sechzehn

Die Erinnerungen überkamen sie.

Wer sie war.

Warum sie weggegangen war.

Was passiert war.

Und jetzt musste sie den Preis dafür bezahlen.

Tante Francine sah wütend aus. »Du hast nach dieser Schatulle gesucht? Nach dem, was sie deiner Mutter angetan hat?«

Man sollte anmerken, dass Tante Francine oft wütend aussah. Außerdem verließ sie nicht oft das Gelände. Aber als ihre Cousinen sie heute Morgen entdeckt hatten, mussten sie sie angerufen haben. Gleich würde es hässlich werden.

Fluffy, die auf den Namen Arleen Bethany Smith getauft war, verzog das Gesicht. »Ich habe nur versucht, mich mit meiner Vergangenheit auseinanderzusetzen, so wie mein Therapeut es gesagt hat.«

»Sich damit auseinanderzusetzen bedeutet, verantwortungsvoll zu sein. Das wäre, uns anzurufen, um uns wissen zu lassen, wie es dir geht und *wo* du bist. Es wäre, uns eine Reiseroute und Telefonnummern zu geben. Denn wenn du verschwindest, müssen wir nicht bangen, dass du tot bist. Wir haben nach dir gesucht. Deine arme Mutter ist krank vor Sorge.« Francine ließ nicht nach.

Jedes einzelne Wort stimmte. Arleen hatte gelogen, als sie ging, da sie wusste, dass sie eine Standpauke von ihrer Mutter zu erwarten hatte. Da sie in ihrer Jugend eine überfürsorgliche Mutter gewesen war, hatte Mom sie nach ihrem ersten Verschwinden praktisch eingesperrt. Es gefiel ihr nicht einmal, wenn die Teenagerin Arleen mit dem Fahrrad zum Laden fuhr, um sich etwas Süßes zu holen. Da war Tante Francine eingeschritten. Sie hatte ihre Mutter dazu gebracht, ein wenig lockerer zu werden. Und *lockerer werden* bedeutete, dass sie in die Stadt fahren konnte, wenn sie einen triftigen Grund hatte, aber sie durfte nicht eine Minute zu spät nach Hause kommen, ansonsten bekam sie etwas zu hören.

Das Wort *erdrückend* beschrieb die Situation nicht einmal annähernd.

Tante Francine nahm einen Atemzug und wollte gerade wieder loslegen, aber Zach ging dazwischen.

»Lass Arleen in Ruhe. Sie hat offensichtlich nicht beabsichtigt, dass ihr so etwas zustößt.«

»Weil sie nicht gehört hat«, fauchte ihre Tante.

Die Unterseite des Bettes lockte Arleen zu sich. Sie wollte sich verstecken. Diese Unterhaltung meiden. Diesen Ort. »Ich habe es nicht absichtlich getan, um verloren zu gehen. Die Dinge sind irgendwie passiert.«

»Sie sind passiert, weil du gelogen hast! Du hast deiner Mutter erzählt, du würdest eine Museumstour durch Italien machen. Als du verschwunden bist, haben wir all diese Zeit mit der Suche am falschen Ort verbracht.«

Arleen wurde unruhig. »Du weißt, dass ich es ihr nicht sagen konnte. Ich wusste, dass sie ausflippen würde.«

»Aus gutem Grund. Du bist an den Ort zurückgekehrt, der deine Mutter getötet hat und beinahe auch dich das Leben gekostet hätte. Hast du irgendeine Ahnung, welche Albträume du wieder zum Leben erweckt hast, als du nicht mehr auf ihre Anrufe reagiert hast? Du hast sie gebrochen.«

Aua. Ihre Schultern sackten nach unten. Immer die Schuldgefühle. Weil Arleen beinahe gestorben wäre, musste sie ein Leben lang in Luftpolsterfolie eingewickelt werden.

War es verwunderlich, dass sie geflohen war?

»Lass sie in Ruhe, sie wollte einen Abschluss«, kam Zack ihr zur Rettung.

»Ein Abschluss besteht nicht darin, an den Ort zurückzukehren, der ihre beiden Mütter zerstört hat.«

»Ich bin jetzt erwachsen. Ich muss mich meinen Ängsten stellen.« Sie musste diese dämliche Schatulle finden. Die, die sie kontrollierte. Die, die ihr zurief, selbst in diesem Moment.

»Erwachsen, und doch dumm wie Brot.« Francine schüttelte den Kopf.

Es war lustig, wie diese Unterhaltung sie an Zach und seinen Vater erinnerte.

»Lass uns gehen. Es bringt nichts, es hinauszuzögern.« Tante Francine stand neben der Tür und wartete – eine Wache, die auf einen Gefangenen wartete.

Auf der einen Seite konnte sie einer Schatulle folgen, die sie in irgendeine stumpfsinnige Beschützerin verwandeln würde, wo sie allein und wie ein Tier lebte, bis sie starb. Hinter Tür Nummer zwei würde sie sich den Tatsachen stellen müssen, und das in Form ihrer Mutter, die völlig ausflippte. Es würde Tränen und Geschrei geben, Drohungen und erdrückende Schuldgefühle.

Ihre Schultern sackten noch mehr zusammen.

Zach räusperte sich. »Sie muss nicht gehen, wenn sie das nicht will.«

Er sagte es laut und es gab einen Moment erschrockener Stille, bevor Klara lachte, dann Pamela. Es klang tief und gemein. Nicht die besten Cousinen. Sie war glücklicher gewesen, bevor sie bei Francine eingezogen waren.

»Du hast bereits genug getan. Lauf zurück zu deinem König. Wir werden uns von hier an um die Dinge kümmern«, sagte Klara spöttisch.

»Ich werde nirgendwo hingehen, bis ich meine Mission erfüllt habe.«

»Das wird schwierig, wenn du keine Erlaubnis dazu hast, dich in unserem Revier aufzuhalten.«

»Wollt ihr es etwa offiziell beanspruchen? Denn es geht das Gerücht um, dass die Wölfe bereits denken, sie würden es besitzen, und ihr Alpha hilft uns bei der Suche nach dem Artefakt«, erwiderte er.

Wann war das passiert? Hatte er die ganze Zeit Kontakt zu seinem Rudel gehabt?

Sie fühlte sich, als wäre sie nicht eingeweiht. Sie taumelte immer noch von allem, was passiert war.

Vielleicht hatte ihre Mutter recht. Sie hätte ihr

Zuhause nie verlassen sollen. Aber dann hätte sie nie Zach getroffen. Sie sah ihn an.

Er stellte sich Francine entgegen, als würde er gegen sie kämpfen. Um die Schatulle oder um Arleen?

Hilf ihm, sie zu finden.

Die Stimme in ihrem Kopf entschied für sie. »Ich komme mit. Gebt mir nur ein paar Minuten, um mit Zach zu reden. Allein.«

»Worüber?«, fragte ihre Tante mit hochgezogener Augenbraue. »Was könntest du *ihm* denn zu sagen haben?« Der Tonfall passte gut zu dem abschätzigen Blick, den sie Zach zuwarf.

Der Mann, der selten lächelte, schenkte ihr ein halbes Lächeln, das alles andere als belustigt war. »Was sie mir zu sagen hat, geht niemanden außer mir etwas an.«

Dachte er, es ginge um die Schatulle oder um das, was passiert war? Sie wusste nicht, was davon sie vorzog.

»Es geht uns etwas an, weil sie zur Familie gehört«, mischte Cousine Klara sich ein. »Nicht dass du das wüsstest. Du warst schon immer selbstsüchtig.« Und das von dem Mädchen, das sich gern Arleens neue Klamotten auslieh und sie mit Flecken oder Laufmaschen zurückgab. *Hoppla, wie war das nur passiert?* Aber als sie sich einmal ein Hemd von Arleen ausgeliehen hatte und diese danach fand, dass es ausgeblichen wirkte, hatte sie ihr Geld geben müssen, damit sie die Klappe hielt.

»Ja«, warf Pamela ein, die den letzten originellen Gedanke schon vor Hunderten von Flaschen Peroxid gehabt hatte. Dass sie überhaupt noch Haare hatte, war ein Beweis für die follikulären Gene in ihrer Familie.

Arleen hatte Glück. Sie musste nicht oft zurückschneiden, wenn sie in ihrer weniger pelzigen Gestalt war, da ihre feinen Strähnen so hell waren, dass man sie kaum sehen konnte.

»Was auch immer du zu sagen hast, können wir ebenfalls hören.« Tante Francine verschränkte die Arme. Klara tat es ihr gleich.

Arleen biss sich auf die Lippe. Ihm von der Schatulle zu erzählen war nicht das Problem, es war der Abschied. Irgendetwas an Zach wirkte auf sie und zog sie an, obwohl ihre Erinnerung zurückgekehrt war.

Besonders durch ihre Erinnerungen, da sie die Seltenheit ihrer Anziehung zu ihm erkannte.

Niemand hatte ihr Herz je so zum Rasen gebracht wie er. Aber wollte sie wirklich die Verliererin sein, die das dem heißen Kerl gegenüber laut zugab? Wäre sie lieber ein Feigling, anstatt es zu versuchen? Er hatte nicht wirklich etwas getan, um sein Interesse zu zeigen. Im Gegenteil, meistens war er extrem mürrisch. Er sagte ihr immer wieder, dass sie es nicht tun konnten. Und doch ... konnte sie nicht umhin, ein Gefühl zu haben.

Aber das vor ihrer Tante und ihren Cousinen beichten?

»Ich muss mit Zach über die Schatulle sprechen«, verkündete Arleen. Erkannte sie einen Anflug von Enttäuschung in seinem Gesicht?

»Immer diese dämliche Schatulle. Schick ihm eine E-Mail. Wir gehen.«

»Dann könnt ihr ohne mich gehen.« Diesmal verschränkte sie die Arme.

»Als würden wir dich aus den Augen lassen«, rief Tante Francine mit zusammengekniffenen Augen.

»Ich kann selbst auf mich aufpassen.«

»Offensichtlich nicht.«

Arleen schürzte die Lippen. »Darf ich dich daran erinnern, dass ich mit praktisch nichts in einer der brutalsten Gegenden auf der Erde überlebt und dort gegen Eisbären und russische Yetis gekämpft habe? Zweimal.«

»Warte, es gibt russische Yetis wirklich?«, fragte

Zach. Allerdings antwortete ihm niemand, da ein Krieg zwischen ihnen ausgebrochen war.

»Wie es aussieht, musstest du von einem Mann gerettet werden«, spottete Klara.

»Wenigstens kann ich einen Mann finden«, gab Arleen zurück.

»Weißt du überhaupt, was man mit einem anfängt?«, erwiderte Klara.

Francine gefiel das nicht. »Pass auf, was du sagst.«

»Entschuldige.« Klara tat es nicht leid. Sie war böse. »Für ein Mädchen, das sich angeblich nicht an seine Familie erinnern konnte, wie bist du hier gelandet?«

»Nicht weil ich es wollte. Die Schatulle ist in der Nähe«, murmelte Arleen. Sie konnte spüren, wie sie ihr von irgendwo in den Bergen aus zurief. Vermutlich in einer neuen Höhle, wo sie darauf wartete, dass sie sich ihr anschloss, bis sie alt wurde und ein anderer kam, um ihren Platz einzunehmen.

Zach wurde ernster als gewöhnlich und fragte Tante Francine: »Ich nehme nicht an, dass ihr irgendwelche Berichte über Tiger in der Gegend gehört habt? Eine junge Frau und eine wesentlich ältere.«

»Tiger?« Pamelas Miene erhellte sich. »So einen wollte ich schon immer haben.«

»Keine Tiger«, bestimmte Francine. »Und kein Hinauszögern mehr. Lass uns gehen, Arleen.«

Arleen sah Zach an. Er sagte nichts. Ihre Cousinen und ihre Tante sahen sie erwartungsvoll an. Für sie erschien die Antwort offensichtlich. Sie würde mit ihnen nach Hause gehen und die verbale Bestrafung akzeptieren, die auf sie zukam.

Aber das war nicht der einzige Grund, warum es ihr davor graute.

Sie warf Zach einen panischen Blick zu, aber seine Miene, die ausnahmsweise einmal nicht finster war, offenbarte nichts.

»Ich kann nicht gehen. Zach braucht mich, um die Schatulle zu finden.« Sie nutzte ihn als Ausrede.

Und ausgerechnet jetzt versuchte er, verständnisvoll zu sein – der Idiot. »Wenn du bei deiner Familie sein musst, dann geh. Ich werde mir etwas einfallen lassen.«

»Du kannst die Schatulle nicht ohne mich finden.« Noch wollte sie, dass jemand anderes sie fand. Sie gehörte ihr.

»Vielleicht ist es zu deinem Besten, wenn man bedenkt, was sie dich bereits gekostet hat.«

»Wenigstens ist einer von den beiden klug«, murmelte ihre Tante.

»Was, wenn ich nicht gehen will?« Sie konnte nicht umhin, wütend zu schnauben. Das wollte sie wirklich nicht. Denn sie fühlte sich bereits erstickt. Deprimiert. Warum konnte sie nicht frei sein?

»Du bist ein Sas'qet. Du gehörst zu uns.« Diese Aussage von ihrer Tante half nicht im Geringsten.

»Ich gehöre dir nicht.« Warum musste sich ihre Familie wie ein Käfig anfühlen?

»Du bist es deiner Mutter schuldig«, wies Tante Francine sie zurück.

Arleen schüttelte den Kopf. »Was bin ich ihr schuldig? Eine Entschuldigung? Was dann? Sie wird mir das Versprechen abnehmen, niemals wieder zu gehen, und auch wenn ich es nicht will, werde ich dieses Versprechen brechen. Du weißt, dass ich nicht wie der Rest von euch bin.« Ein Sas'qet sollte in den Bergen eigentlich am glücklichsten sein. Sie waren überwiegend abgeschieden und versteckten sich vor der Zivilisation.

Aber Arleen hatte schon immer umherstreifen wollen.

Francine starrte sie an. »Ich bin mir deiner Neigung zum Umherwandern sehr wohl bewusst, aber deine Mutter ist nicht wie andere. Sie braucht dich.«

Wenn ihre Liebe ihr nur nicht alles entziehen würde. »Ich werde mit ihr reden, aber ich bleibe nicht.«

»Wir werden uns etwas überlegen.«

Das größte Entgegenkommen, das sie von Francine bekommen würde. »Lass mich meine Sachen packen.«

Francine sah auf ihre Armbanduhr. »Du hast fünfzehn Minuten. Und das nur, weil ich rüber in den Laden gehen und ein paar Sachen besorgen muss. Ich habe deiner Mutter ein wenig Garn versprochen, das sie online nicht kaufen will, weil sie ihr Versandkosten berechnen wollen.«

Tante Francine ging mit Arleens protestierenden Cousinen im Schlepptau hinaus.

»Tut mir leid.« Sie verspürte das Bedürfnis, sich zu entschuldigen. Man betrachte nur das Chaos, in das sie ihn mit hineingezogen hatte.

»Du musst dich nicht entschuldigen. Ich kann sehen, warum du vergessen willst. Es erinnert mich an Dad und mich.«

»Nur dass dein Vater dich wirklich liebt.«

»Deine Familie tut das auch.«

»Auf verdrehte Art und Weise.« Sie seufzte. »Ich weiß nicht, warum ich mich nicht erinnert habe.«

»Das Artefakt. Scheinbar hat es mehr als einen Trick auf dem Kasten.«

Sie verzog das Gesicht. »Ich will es nicht länger bewachen.«

»Dann tu es nicht.«

»Das ist leicht gesagt. Selbst jetzt ruft es mich zu sich.« Sie schlang die Arme um ihren Körper und betrachtete die nach Norden gerichtete Wand.

»Wo?«, fragte er.

Sie zeigte in die Richtung.

»Nicht sehr hilfreich«, knurrte er. »Immer noch keine Position?«

Sie schüttelte den Kopf, hatte aber eine Idee. »Öffne eine Karte auf deinem Handy.«

»Ich habe keins.«

»Wie kannst du kein Handy haben?«

»Hast du eins? Ich habe es weggeworfen, da ich dachte, jemand würde es benutzen, um uns zu verfolgen.«

»Guter Gedanke, denn es scheint, als würden wir oft erwischt werden.«

Er grinste fast, dann senkte er den Kopf. »Seltsamerweise werde ich dich vermissen, Fluffy.«

»Ich muss nicht gehen.« Sie könnte bei ihm bleiben. Er musste es nur sagen.

»Trotz des Streits solltest du nach Hause gehen. Ermögliche es deiner Mutter, ihre Panik hinter sich zu lassen. Ruh dich aus. Heile. Vergiss die Schatulle. Vergiss alles, was passiert ist.«

Alles? Aber was, wenn sie ihn nicht vergessen wollte? Was, wenn sie mehr als nur einen Kuss wollte, woran sie sich erinnern konnte?

Ihre Erinnerungen zurückzubekommen bedeutete, zu wissen, dass die Gefühle, die er in ihr auslöste, einzigartig waren. Nicht die Begierde. Das war kurz und billig. Er ... entfachte sie.

Außerdem hatte er sie gerettet.

Sie geneckt.

Ihr geholfen, obwohl er das nicht hätte tun müssen. Und sie hatte immer noch ungefähr zehn Minuten, bevor ihre Tante kam, um sie abzuholen.

Sie küsste ihn und spürte seinen Schock darüber, dass sie ihre Lippen auf die seinen presste. Sie küsste ihn innig, während sie ihn gegen die Wand stieß. Er prallte dagegen und rührte sich nicht. Er erstarrte. Sie hörte beinahe auf.

Aber dann, als wäre etwas in ihm zerbrochen, begann er, ihren Kuss zu erwidern. Sein Mund war hart und beharrlich auf ihrem, seine Hände umfassten ihren Hintern.

Ihre Zungen trafen aufeinander, heiß und feucht. Seine Finger glitten am Bund ihrer Hose vorbei. Sie umklammerte ihn. Das Herunterziehen seiner Hose zeugte nicht von Raffinesse, aber sie hatten keine Zeit für eine entspannte gegenseitige Erkundung.

Das war ihre letzte Gelegenheit.

Es machte sie beide hektisch.

Sie legte ein Bein um seine Hüfte und seine Hände unter ihrem Hintern gaben ihr die zusätzliche Höhe, die sie brauchte, um ihn in sie gleiten zu lassen.

Sie schnappte nach Luft, als er sie erfüllte. Dick. Hart. Er stieß in sie hinein und vergrub sein Gesicht an ihrem Hals, wo er an der Haut saugte.

Er wirbelte herum, sodass ihr Rücken an die Wand gedrückt war, was ihm einen besseren Winkel gab. Er drang in sie ein. Tief. Befriedigend. Sie klammerte sich an seine Schultern, als er weiter drückte und seine Spitze auf eine Weise in ihr rieb, die sie keuchen ließ und dazu brachte, sich um ihn herum anzuspannen.

Immer und immer wieder stieß er zu und glitt in sie hinein. Er gab es ihr und sie nahm es.

Begrüßte es. Und als er sich mäßigen und langsamer werden wollte, knurrte sie: »Härter. Schneller.«

Er erschauderte und sie schrie auf, als er seine Leidenschaft losließ.

Es dauerte nicht lange, bis sie kam. Und er brüllte, als er sich ihr anschloss.

Er hielt sie fest, nachdem ihr Zittern nachgelassen hatte, und sie hätte ewig so bleiben können, aber die Uhr tickte. Sie wollte nicht auf dem ganzen Weg nach Hause nach Sex riechen. Wenn sie das tat, würde sie das noch lange zu hören bekommen. Sie stürzte ins Badezimmer, um sich schnell abzuwaschen und frisch zu machen.

Als sie herauskam, hörte sie ein Klopfen und ein schroffes: »Die Zeit ist abgelaufen. Lass uns gehen.«

Zach lehnte mit gesenkten Lidern an der Kommode, seine Hose war nicht vollständig zugeknöpft. »Ich schätze, du machst dich wohl besser auf den Weg.«

»Ja. Kannst du mich wissen lassen, wenn du die Schatulle findest?«

»Sicher.«

Es war unangenehm. Besonders, da er sie nicht ansehen wollte. Er starrte die Wand an, als könnte er einen letzten Blick nicht ertragen.

Währenddessen konnte sie nicht anders, als ihn anzustarren.

Klopf, klopf, klopf. »Komm schon, Arleen.«

Sie gab ihm noch eine letzte Chance, etwas zu sagen. Um sie darum zu bitten zu bleiben.

Als er stumm blieb, ging sie. Und sie blickte nicht zurück.

Kapitel Siebzehn

Als Zach herumwirbelte, um zu sagen, dass er sich es anders überlegt hatte und dass sie bleiben sollte, wurde die Tür zugeschlagen.

Er sackte auf dem Bett zusammen. Er war erschöpft. Nicht nur seine Eier, sondern auch seine Emotionen.

Sein Löwe war wütend.

Der Mann war traurig.

Als seine Tür also erneut eingetreten wurde, verlor jemand beinahe seinen Kopf, bis er die drei dort stehenden Weibchen erkannte.

»Lacey, Lenora und Lana?« Elite-Rudelagentinnen. Und er kannte sie nur beim Namen, weil er ein paar Missionen mit ihnen durchgeführt hatte. Das hinterließ seine Spuren. Sie waren beängstigend. Ihm tat besonders ihr Neffe Lawrence leid.

»Wo ist der Yeti?«, fragte Lana.

»Weg. Sie ist erst vor wenigen Minuten mit ihrer Familie verschwunden.«

»Verdammt«, sagte Lana, die von dieser Gruppe den geringsten Filter hatte.

Lenora wedelte mit einer Hand. »Ist egal. So ist es vermutlich besser.«

»Inwiefern?« Denn für Zach fühlte es sich nicht so an.

»Weil du den Fokus deiner Mission vom Babysitten jetzt auf das Zurückholen der Schatulle richten kannst.«

»Ich habe bereits danach ge-«

Lana fuhr mit einer Hand durch die Luft. »Wir haben keine Zeit dafür, so zu tun, als hättest du tatsächlich eine Stimme. Wir sind hier. Wir haben die Leitung. Was wissen wir? Das Artefakt ist irgendwo in diesen Bergen. Svetlana und ihre Großmutter wurden zuletzt in Jasper in Kanada gesehen.«

»Es ist hier?« Er zog eine Augenbraue hoch. Vielleicht konnte Arleen die Schatulle *tatsächlich* spüren. Er hatte begonnen, sich darüber zu wundern, als er verstand, dass sie Wurzeln in dieser Gegend hatte.

»Das ist es, und wir können nicht zulassen, dass es in die falschen Hände gerät.«

»Ist es das nicht bereits?« Soweit er wusste, schienen Svetlana und ihre Großmutter nicht gerade die vertrauenswürdigsten Verwalter zu sein.

»Wirst du frech?« Lana fokussierte ihn mit einem funkelnden Blick.

»Nein, Ma'am. Was muss ich tun?«

»Folge deiner Freundin.«

»Was? Ich habe keine Freundin.«

Lenore prustete. »Oh, bitte. Ihr Duft ist überall auf dir. Ich kann nicht glauben, dass du sie hast gehen lassen.«

»Ich hatte keine Wahl. Ihre Familie hat es ihr ziemlich schwer gemacht.« Mehr als schwer. Er hatte gedacht, sein Vater sei ein meisterhafter Manipulierer von Emotionen, aber Francine war noch teuflischer.

»Ich bin überrascht, dass du sie hast gehen lassen, wenn man bedenkt, dass sie immer noch gejagt wird.«

»Seid ihr sicher? Wie?«

»Es ist egal wie. Zu deinem Glück haben wir ein Team außer Gefecht gesetzt, das sich darauf vorbereitet hat, euch beide einzufangen. Aber sie werden mehr schicken.«

Die Bedrohung für Arleen und ihre Familie war der Grund, warum er sich aufmachte, das Smith-Anwesen zu überwachen, ein ausgedehntes, mehrere zehntausend Quadratkilometer großes Gelände, das von geschütztem bundesstaatlichem Land umgeben war. Fantastisch, und gleichzeitig war es unmöglich, es zu beschützen. Es war einfach zu weitläufig.

Aber er und die Elite-Rudelagentinnen – Codename *Die Tanten* – setzten die kleinen Teams aus Menschen außer Gefecht, die immer wieder kamen, wobei sie versuchten, einen von ihnen lebendig zu fangen. Niemals mehr als fünf. Jeder einzelne von ihnen starb, aber sie hatten eine Sache gemeinsam.

Ein Tattoo auf ihrem Körper. Dasselbe. Einen Schlüssel.

Das Rechercheteam des Rudels schien davon überzeugt zu sein, dass sie irgendwie auf einen Orden gestoßen waren, der sich der Zurückholung des Artefakts verschrieben hatte. Wo waren sie hergekommen? Noch wusste es niemand. Es war, als würden sie nicht existieren. Keine Fingerabdrücke. Keine Ergebnisse beim Abgleichen der Gesichter. Keine DNA. Nichts.

Nichts als ein endloser Strom, von denen keiner je groß genug war, um die Verteidigung wirklich zu schwächen.

In der Woche, in der sie sie beobachtet hatten, hatten sie drei Angriffe abgewehrt. Aber es gab keine Spur des vermissten Tiger-Duos oder der Schatulle. Sie hatten mehrere Gruppen in den Rocky Mountains verteilt, die darauf warteten, dass Svetlana auftauchte. Eine junge Frau, die mit einer alten, widerspenstigen Dame umherreiste, würde sicherlich auffallen. Das würde man zumindest meinen.

Niemand konnte jedoch erklären, warum Svetlana in die Rocky Mountains gekommen war. Wohin ging sie? Warum?

Er wollte mit Arleen darüber sprechen, bemerkte aber, dass er ihre Nummer nicht hatte. Am nächsten kam er ihr, als sie während seiner Überwachungsschicht herauskam. Sie neigte nicht dazu, weit zu gehen, nur zum Rand des bepflanzten Gartens, wo sie sich an einen verblassten Lattenzaun lehnte. Dort blieb sie, bis jemand aus dem Haus trat und ihren Namen rief.

Vermutlich ihre Mutter, da sie manchmal miteinander stritten, bevor sie hineingingen.

Jeden Tag kam Arleen öfter heraus, wobei ihr Kummer leicht zu erkennen war. Warum ging sie nicht? Musste sie gerettet werden? Sollte er einschreiten?

Ein paarmal wandte sie sich von der Nordseite

ab und starrte ihn direkt an. So erschien es jedenfalls.

Sein Löwe drängte ihn dazu, zu ihr zu gehen. Sie zu beanspruchen.

Was, wenn sie nicht beansprucht werden wollte? Sie hatte gerade erst ihr Leben zurückbekommen. Ganz zu schweigen davon, wie würde ihre Familie reagieren? Denn er wusste bereits, dass er nicht bleiben konnte. Er würde sie wegbringen, und nicht nur, weil er nicht mit ihrer Familie im Haus leben konnte. Er wollte Arleen an Orte bringen, die sie zum Lächeln brachten.

Mit ihr reden?

Nicht mit ihr reden?

Die Unentschlossenheit quälte ihn, bis er den Anruf bekam und Lana sagte: »Sie haben die Tiger aufgespürt.«

Kapitel Achtzehn

Eine Woche in dem Zuhause ihrer Kindheit verstärkte nur ihren Drang zu verschwinden. Jeden Tag musste Arleen dagegen ankämpfen, über diesen Zaun zu springen und zu laufen, bis sie Zach oder die Schatulle fand, je nachdem, in welcher Laune sie war.

Sie wusste, dass er da draußen war. Dass er sie beobachtete. Er und ein paar andere Löwen. Ihre Familie hatte sie in dem Moment entdeckt, in dem sie begannen, sie auszuspionieren. Aber Zach versuchte nie, ihr nahe genug zu kommen, um zu reden. Es wäre möglich, dass die Sache, die sie zwischen ihnen fühlte, nicht so real war, wie sie gedacht hatte.

Sie suchte bereits seit einer Weile nach diesem

Etwas, das in ihrem Leben fehlte. Sie war nach Russland gegangen, da sie dachte, ihre Vergangenheit enthielte die Antwort auf die Frage, woran es ihr mangelte. Sie fand die Antwort. Nur war diese nicht das, was sie erwartet hatte.

Sie wollte Liebe.

Gemeinschaft.

Aufregung.

Zu wissen, dass Zach da draußen war und sie beschützte, tröstete sie. Es sorgte dafür, dass sie sich das Unmögliche vorstellte.

Ihre Familie empfand es als urkomisch. »Als könnten wir nicht selbst auf uns aufpassen«, wiederholte Klara immer wieder.

»Ich wünschte, sie würden aufhören, all die Zaunpfähle anzupinkeln«, murmelte ihre Mutter.

Pamela schmollte. »Die Löwen ruinieren uns den ganzen Spaß.« Sie betrachtete das Jagen gern als Sport, nicht als Mittel, um sich Nahrung zu beschaffen.

Woraufhin Tante Francine antwortete: »Es ist besser, wenn sie dabei erwischt werden, wie sie Menschen töten, als wenn es uns passiert.«

Töten. Menschen. Sie waren wegen der Schatulle noch immer hinter Arleen her. Eine Schatulle, die näher kam, was ihr dabei half, nicht schreiend die Auffahrt hinunterzulaufen.

Das Leben verfiel wieder in eine ihr bekannte Routine. Ihre Mutter war dramatisch und Tante Francine – die nicht wirklich ihre Tante war, aber der Name hatte sich irgendwie ergeben, als sie die Geliebte ihrer Mutter wurde – versuchte, sie zu besänftigen, indem sie allerhand romantische Gesten darbot. Klara war eine Zicke. Pamela war eine dumme Zicke. Alle schrien und stritten sich. Es hörte nie auf.

Jedes Mal wenn Arleen nach draußen ging, flippte ihre Mutter aus. Wie lange würde es dauern, bis sie in die Stadt gehen durfte?

Arleen versuchte, sich daran zu erinnern, dass ihre Mutter es aus Liebe tat. Immerhin hatte Arleen das letzte Mal Jahre damit verbracht, von dem Tag zu sprechen, an dem sie losziehen und nach der Schatulle suchen würde. Ihre Mutter hatte sie unzählige Male zu einem Therapeuten geschleppt, bevor Arleen erkannte, dass sie ihre Gefühle bezüglich der Schatulle besser für sich behalten sollte.

Es dauerte mehr als ein Jahrzehnt, bis sie schließlich dem Drang nachgab und sich auf die Suche machte.

Auf gewisse Weise hatte ihre Mutter recht. Ihre

Besessenheit war das, was sie beinahe das Leben gekostet hätte. Aber sie hatte auch dafür gesorgt, dass sie den einen Mann traf, der in ihr noch mehr als eine verfluchte Schatulle den Wunsch auslöste, das Anwesen zu verlassen.

Sie vermisste Zach. Seinen finsteren Blick. Sein Knurren. Seinen Körper. Seine Anwesenheit.

»Bläst du schon wieder Trübsal?«, beschwerte Pamela sich, die sich ihr draußen anschloss. »Das ist alles, was du tust.«

»Was würdest du vorziehen? Dass ich bis zum Mittag schlafe und mir täglich die Nägel neu lackiere?«, fauchte sie.

»Du solltest wirklich etwas gegen die Dinger unternehmen«, schloss Karla sich der Piesackerei an.

»Meine Nägel sind völlig in Ordnung.« Leicht gerundet und kurz geschnitten.

»Wie lange dauert es, bis du wieder wegläufst?«, fragte Klara.

»Warum?«

»Damit ich meinen nächsten Urlaub buchen kann. Es war ein verdammter Albtraum mit deiner und meiner Mutter, als du verschwunden bist.«

»Ich habe es nicht absichtlich getan.«

»Na ja, vielleicht solltest du das tun«, gab Klara zurück.

»Was soll das bedeuten?«

»Selbst ich weiß, was sie meint«, verkündete Pamela und verdrehte die Augen. »Hör auf zu verbergen, was du tust. Sag ihr einfach, wenn und wohin du gehst.«

»Sie wird mir sagen, ich soll nicht gehen.«

»Geh. Und dann schreib ihr eine Nachricht, um ihr zu sagen, dass du lebendig angekommen bist. Jeden Tag eine Nachricht, um zu sagen, dass du da bist und wo da ist.«

»Das wird nicht funktionieren.« Arleen schüttelte den Kopf.

»Du hast es nie versucht. Du lügst sie immer an und machst es schlimmer.«

Arleen wollte es leugnen, erkannte aber, dass Karla nicht ganz unrecht hatte. Als sie Karten für ein Konzert ergattert hatte, wusste sie, dass ihre Mutter Nein sagen würde. Also hatte Arleen ihrer Mutter gesagt, sie ginge ins Kino und würde sich dann Eiscreme holen. Jedoch hatte ihre Mutter entschieden, sich denselben Film anzusehen, fand sie dort nicht vor und stellte dann die ganze Stadt auf der Suche nach ihr auf den Kopf.

»Warum versucht ihr, mir zu helfen?« Denn seit ihre Cousinen in ihrem Leben erschienen waren, hatte es nichts als Spott gegeben, während sie versuchten, sich an eine gemischte Familie zu gewöhnen, die sich verhielt wie Öl und Wasser.

»Weil deine Mutter verrückt ist, wir sie aber trotzdem mögen.« Karla zuckte die Achseln. »Und wenn sie nicht gerade deinetwegen ausflippt, kann sie lustig sein.«

»Wenn man gern Marmelade kocht oder Scrabble spielt.« Sie rümpfte die Nase.

»Was wir gern tun«, erwiderte Karla.

»Du vielleicht. Mein Lieblingsspiel ist immer noch Tourist.« Das wurde Pamela nie leid. Bei diesem Spiel zeigten sie sich diskret den Menschen, die in den Bergen campierten, ohne dabei von Kameras oder persönlich erwischt zu werden. Es gab viele Diskussionen über das Video einer Silhouette, das im Jahr 2007 aufgenommen worden war. Sie alle stimmten zu, dass es echt war, aber niemand wollte die Schuld auf sich nehmen, fotografiert worden zu sein.

»Sind wir dafür nicht zu alt?«, fragte Arleen.

»Du bist so langweilig.«

Arleen würde langweilig den Dingen vorziehen, die sie hatte tun müssen, um am Leben zu bleiben. Sie würde nie wieder etwas als selbstverständlich hinnehmen, besonders nicht die Möglichkeit, Essen im Geschäft zu kaufen.

Ihre Cousinen zogen sich zurück, womit sie zurückblieb und über den Vorschlag nachdachte, ihre Tätigkeiten nicht vor ihrer Mutter zu verbergen oder um Erlaubnis zu fragen. Es einfach zu tun. Und immer weiter zu tun. Konnte das funktionieren?

Sie reckte ihr Gesicht der Sonne entgegen und hatte die Augen geschlossen, als sie ein anfahrendes Fahrzeug hörte. Es hatte kaum geparkt, als sie bereits kribbelte.

War es möglich?

Sie wirbelte herum und sah Zach aus dem Wagen aussteigen.

»Zach?« Sie lächelte und lief los, wurde aber beim Anblick seines Gesichts langsamer.

Einen Moment lang verzogen sich seine Lippen zu einem Lächeln, bevor er die Mundwinkel wieder nach unten zog. »Du solltest nicht so fröhlich aussehen.«

»Warum nicht?«

»Weil ich beschissene Neuigkeiten habe. Svetlana und die Schatulle sind möglicherweise in diese Richtung unterwegs.«

Allein der Gedanke daran ließ sie erschaudern. »Hierher?«

»Vielleicht. Sie wurde vor Kurzem ungefähr zwei Stunden von hier entfernt gesehen. Jemand hat auf Twitter ein Foto von ihr hochgeladen, wie sie einen Burger mit einem Tiger teilt.«

»Aber warum sollte sie herkommen? Sie hat die Schatulle.«

»Keine Ahnung. Aber das ist unsere Chance, sie zu zerstören.«

»Zerstören?« Der Gedanke erfüllte sie gleichermaßen mit Erleichterung und Schreck.

»Ja. Es scheint, als hätten sich der König und euer Chef darüber unterhalten, und sie denken nicht, dass es etwas ist, das wir hierhaben sollten.«

Es zu zerstören, würde den Fluch beenden.

»Lass uns gehen.« Wenn es auf sie aus war, dann wollte sie, dass es weit von ihrer Familie entfernt war.

»Wohin?«, knurrte ihre Mutter.

Zorn erfüllte Arleen, als die Luft schimmerte und aus dem Nichts viel zu viele Familienmitglieder erschienen. Nicht nur Mom und Francine. Da waren Onkel Frank und seine Frau. Weitere Cousins, diesmal aber blutsverwandt. Eine Armee, die das Anwesen bewachte und jetzt zu viel Interesse an Zach zeigte.

Sie starrten ihn an, aber keiner von ihnen so intensiv wie ihre Mutter.

Sie stand ihm am nächsten, und mit ihrer strahlend roten Mähne, die nur leicht ergraut und zu einem Zopf geflochten war, sah sie kampfbereit aus. »Geh.« Sie mochte mit einem Meter achtzig vielleicht klein sein, aber Mom hatte eine ausdrucksstarke Stimme.

Zach gab nicht nach. »Ich werde gehen, wenn ich meine Unterhaltung mit Arleen beendet habe.«

»Du meinst, wenn du ihren Kopf mit weiterem Unsinn über die verdammte Schatulle gefüllt hast«, spottete ihre Mutter. »Du nimmst meine Tochter nirgendwohin mit.«

»Ich würde sagen, das ist ihre Entscheidung, Ma'am.« Zach klang entspannt und selbstsicher.

Das *ohhhh* kam von allen, die zusahen.

Ihre Mutter zog eine Augenbraue hoch. »Wir wissen alle, dass sie keine guten Entscheidungen trifft. Sie wäre beinahe gestorben. Schon wieder.«

»Aber sie ist es nicht. Ich wette, sie tut viele Dinge, bei denen sie sterben könnte, es aber nicht tut. Zum Beispiel beim Überqueren einer Straße.«

Mom presste die Lippen fest aufeinander. »Sie ist da draußen nicht sicher.«

»Nicht alle Gefahren sind physischer Art. Manche Dinge, die am meisten wehtun, geschehen in der besten Absicht«, war seine leise Antwort.

Ihre Mutter war verunsichert.

Arleen tat es leid, aber nicht genug, um etwas zu sagen.

»Sie bleibt hier.« Ihre Mutter wollte nicht nachgeben.

Zach genauso wenig. »Nur wenn Fluffy sagt, dass sie das will.«

»Ich gehe mit ihm«, erklärte sie. Auch wenn er nicht mit einer Liebeserklärung gekommen war, sie konnte einfach nicht bleiben.

Mom verwandelte sich innerhalb von Sekunden und brüllte. Sie stürzte auf Zach zu.

Da sie gesehen hatte, was diese Hände mit Kokosnüssen anstellen konnten, warf Arleen sich vor ihn. »Wage es nicht, ihn anzurühren.«

»Ich werde es wagen.« Die Worte mochten vielleicht kehlig sein, aber sie verstand.

»Nein, wirst du nicht. Du kannst mich nicht ewig gefangen halten.«

»Dies ist dein Zuhause.«

»Nein, für mich ist es das nicht. Nicht mehr. Ich muss gehen.«

»Was, wenn du nicht zurückkommst?«

Sie nahm die Hände ihrer Mutter. »Ich werde immer zurückkommen. Und ich werde anrufen und schreiben. Weißt du, was man über den Vogel und den Käfig sagt?«

»Man sollte ihn verschlossen halten?«, warf Pamela ein.

»Man sollte ihn freilassen.« Moms Lippen zitterten. »Aber – aber –«

Tante Francine schritt ein. »Um Himmels willen, Maureen. Lass das Mädchen gehen. Du erstickst sie. Und ehrlich gesagt bin ich es leid, es zu hören.«

»Sag mir nicht, wie ich sie erziehen soll«, schrie Mom zurück.

Erneut zeigte Pamela ihre nervige Seite. »Wenn sie geht, darf ich dann ihr Zimmer haben?«

Währenddessen hob Klara die Hand. »Ich werde ihre Klamotten nehmen.«

»Rührt nicht mein Zimmer an. Oder meine Sachen«, warnte Arleen.

»Ruhe!«, brüllte Zach. Da er die lauteste Stimme hatte, verstummte das Geschnatter sofort. Und Asmodeus, ein kleiner Junge, der auf der Hüfte seiner Mutter saß, beäugte ihn mit plötzlicher Ehrfurcht. »Ihr alle habt Arleen gehört. Respektiert ihre Wünsche.«

»Sprich mit mir nicht über Respekt, du Wüstling. Ich weiß, dass du mein Baby verführt hast!« Mom wackelte mit einem Finger.

»Eigentlich, Mom«, gab Arleen mit einem

gewissen Stolz zu, »war ich diejenige, die *ihn* verführt hat.«

»Geil!«, rief Karla, woraufhin sie sich einen bösen Blick von Francine einfing.

»Sie kann nicht einfach gehen. Sie hat nicht gepackt.« Mom stellte ein paar Hürden in den Weg, um ihr Weggehen hinauszuzögern.

Zach prustete. »Ich weiß von ihrem unendlich großen Magen. Ich habe Essen im Kofferraum.«

»Ah, ist das nicht süß?«, seufzte Karla.

Pamela würgte. »Ich rieche Fleisch.«

»Na, ach was«, murmelte er. »Wir alle wissen, dass Fluffy Fleischfresserin ist.«

Sie lehnte sich zu ihm. »Sie sind Veganer.«

»Aber du nicht.«

»Nicht seit meiner ersten Reise in die Höhle. Auch wenn ich mein Fleisch gekocht bevorzuge.« Jetzt wurde ihr übel, wenn sie daran dachte, wie sie es roh heruntergeschlungen hatte.

Während ihre Mutter sich in Francines Armen tröstete, dachte der kleine Asmodeus laut nach: »Ich wollte schon immer eine Katze haben. Wird Arleen ihn behalten? Kann ich ihn streicheln?«

»Vielleicht, wenn wir zurückkommen«, versprach Arleen ihm. Sie nahm Zachs Arm und sah ihm ins Gesicht. Hart und mürrisch, während er es mit ihrer Familie zu tun hatte, aber als sein Blick den ihren traf, sah sie, wie er sanfter wurde.

Nur für sie.

Sie lächelte. Seine Lippen taten etwas, das seiner folgenden Aussage die Schärfe nahm. »Bist du fertig damit, mit deiner Familie in den guten alten Zeiten zu schwelgen, Fluffy? Wir haben einen Job zu beenden.«

War die Schatulle der einzige Grund, warum er gekommen war?

Kapitel Neunzehn

ZACH WOLLTE DIE LÜGE OFFENBAREN, DIE ER soeben erzählt hatte. Er war nicht wegen der dämlichen Schatulle hergekommen, sondern weil sie ihm eine Ausrede bescherte. Einen Grund, um Arleen nahe zu sein. Er hatte sie vermisst. Er vermisste die Art, wie sie ihn anlächelte, besonders bei seiner Ankunft – sie strahlte von einem Ohr zum anderen, da sie wirklich glücklich war, ihn zu sehen.

Ihre Mutter war es nicht. Sie weinte, als sie gingen, und behauptete, er würde ihr Baby stehlen, während sie ihm körperlichen Schaden androhte. Es half nicht, dass ihre Cousine Karla fragte, ob sie Kondome bräuchten. Pamela sagte, sie würde Farbtonkarten besorgen, und ihre Tante ... Francine verdrehte die Augen und bedeutete ihnen, dass sie gehen sollten.

Als sie wegfuhren, blieb Arleen stumm. Zu stumm.

»Also, wie geht es dir?«

»Ich fühle mich wie das schlimmste Kind auf der Welt, da ich meiner Mutter das Herz breche«, gab sie zu.

»Ist sie immer so?«

»In gewissem Maße. Es wurde schlimmer, nachdem meine andere Mutter gestorben ist und ich verschwunden war. Ich schätze, es hat ihr den Rest gegeben, dass ich erneut verschwand.«

»Muss schwierig für dich gewesen sein.«

»Nicht schlimmer als das, was du mit deinem Vater erlebst, schätze ich.«

»Ich habe nur meinen Vater, der mir auf die Nerven geht. Es sieht aus, als hättest du ein ganzes Team.«

Sie verzog die Lippen. »Sie scheinen oft gegen mich zu arbeiten. Aber überwiegend liegt es daran, dass ich nicht hineinpasse. Ich will nicht zurückgezogen in den Bergen leben.«

»Klingt nicht so, als würdest du zurückkehren wollen, nachdem wir die Schatulle gefunden haben.«

»Ich weiß nicht. Das hängt davon ab.«

»Wovon?«

Sie warf ihm einen Blick zu. »Eigentlich von wem.«

»Oh.«

»Ist das alles, was du sagen wirst?« Ihre Stimme klang angespannt und ihm kam in den Sinn, dass sie nervös war. Besorgt.

»Scheiße, ich mache das völlig falsch.« Er lenkte den Wagen an den Straßenrand, so abrupt, dass die Reifen über den Kies rutschten. »Eigentlich habe ich viel zu sagen. Zum Beispiel, dass ich froh bin, dass du mit mir gekommen bist, denn ich glaube nicht, dass es deiner Familie gefallen hätte, wenn ich dich hinausgetragen hätte.«

»Meine Mutter hätte dir die Arme abgerissen und dich damit verprügelt, wenn du es versucht hättest.«

»Na ja, ich hätte es dennoch getan. Weil ich dich vermisst habe.«

»Du hast mich so sehr vermisst, dass du nicht angerufen hast? Nicht geschrieben? Mich nicht besucht hast?«

»Ich habe deine Nummer nicht, und ich wollte es.«

»Also, was hat dich abgehalten?«

Er sah herüber. »Ich wollte, dass du dir sicher bist, ob du wirklich an mir interessiert bist. Ich wollte nicht, dass du Dankbarkeit mit tatsächlicher Zuneigung verwechselst.«

»Wie vornehm von dir.«

»Nicht wirklich.« Sie war nicht da gewesen, um zu sehen, wie mürrisch er geworden war.

»Und als du diese Entscheidung für mich getroffen hast, wann hast du mich gefragt, was ich will?«

Er starrte sie an. »Was willst du?«

»Was, wenn ich sage, dass ich dich will?«

Er zog sie für einen Kuss an sich.

Wäre sie erstarrt, hätte er aufgehört und sich entschuldigt.

Hätte sie irgendwelchen Widerspruch von sich gegeben, wäre er aus diesem Wagen ausgestiegen und in die Zivilisation gegangen, um sie nie wieder zu stören. Aber sie erwiderte seinen Kuss.

Sie umfasste sein Gesicht und küsste ihn so heftig, dass ihre Zähne aufeinanderprallten.

Es war Schnauben und Fluchen zu hören, als sie ihre Gurte lösten und er seinen Sitz so weit nach hinten schob, wie es möglich war.

Nicht wirklich weit genug.

Er öffnete seine Tür und glitt über die Motorhaube des Wagens zur anderen Seite. Sie hatte sich gerade abgeschnallt und ihre Beine nach draußen geschwungen, als er auf die Knie ging. Der Kies drückte sich schmerzhaft in sein Fleisch hinein, aber das war ihm egal.

Er zog an ihrer Hose, wobei sie gerade weit genug die Hüften hob, damit er sie ihr ausziehen konnte. Ihr Slip war kein Hindernis. Diesen schob er beiseite und vergrub seinen Mund an ihr.

Sie war heiß. Feucht. Sie bebte bereits beim ersten Lecken. Sie hatte einen Fuß auf dem Armaturenbrett, den anderen über seiner Schulter. Sie war gegen die Mittelkonsole gedrückt und keuchte, während er sie leckte und ihre Schamlippen spreizte, um ihre Klitoris zu erreichen. Er bearbeitete sie, bis sie aufschrie und an seinem Mund kam.

Und dennoch machte er weiter, bis sie stockend nach Luft schnappte und vor Lust wimmerte. Erst dann öffnete er seine Hose und kniete sich erneut hin, bevor er ihren Unterkörper umfasste und an sich zog.

Er sank in sie hinein. Immer und immer wieder glitt er in ihre Hitze. Er spürte, wie sie sich um ihn herum anspannte, aber der Winkel war schrecklich. Er konnte keinen Rhythmus finden.

Er hob sie aus dem Wagen heraus und setzte sie

auf die Motorhaube, wo er die Bodenhaftung hatte, um tief in sie einzudringen. Er stieß zu, während sie sich an ihm festhielt, und er küsste sie, als sie erneut kam. Er küsste sie immer noch, als sie ihm hart genug in die Lippe biss, dass es blutete. Sein Körper zuckte. Er atmete ihren Namen aus, als er sich in ihr ergoss.

Dann hielt er sie einfach fest.

Er hielt sie fest und hoffte, dass dies nicht das letzte Mal war, dass er diese Glückseligkeit mit ihr erlebte. Aber die Zukunft war ungewiss, und das nicht nur wegen des Tigers, der plötzlich mitten auf der Straße stand.

Kapitel Zwanzig

DIE MEISTEN LEUTE HÄTTEN DARAUF REAGIERT, einen Tiger dort zu sehen, wo er nicht hingehörte. Arleen konzentrierte sich jedoch auf die wichtigere Sache, die bereits den ganzen Tag lang an ihr genagt hatte. Etwas, das sie zu ignorieren versucht hatte.

Die Schatulle war da. Tatsächlich. Sie kam in den Händen desjenigen aus dem Wald heraus, der sie gestohlen hatte.

Zach knöpfte seine Hose zu, als er herumwirbelte, um sich der Bedrohung zu stellen, wobei er seinen Körper zwischen Arleen und der Schatulle platzierte.

Sie war nicht bereit, damit umzugehen. Würde es jemals einen guten Zeitpunkt geben?

Und dann wurde sie nervös. Er wollte sie ihr

wegnehmen, wollte sie zerstören. Sie musste ihn aufhalten.

Arleen stieß Zach zurück und sprang von der Motorhaube. Ihr langer Pullover bedeckte sie bis zu den Oberschenkeln, aber ihre Beine waren nackt. Sie blieb gleichgültig, als sie auf die Frau zuging, die mitten auf der Straße stehen geblieben war. Sie hatte blondes Haar, zurückgekämmt aus einem hageren Gesicht, das von Erschöpfung zeugte, aber ihre Augen waren eisig vor Entschlossenheit. Sie hielt einen Rucksack in der Hand, und selbst ohne ihn zu öffnen, wusste Arleen, dass sich die Schatulle darin befand.

»Nimm sie.« Die Frau, die Svetlana sein musste – wer sonst würde mit einem Tiger reisen? –, wedelte damit vor ihr herum. »Nimm die verfluchte Schatulle.«

Ja. Nimm sie und verstecke sie. In einer Höhle. Weit, weit weg von Menschen.

»Nein.« Sie sagte es sowohl laut als auch geistig. »Nein. Ich will sie nicht.« Sie trat zurück.

Svetlanas Mund nahm eine runde Form an. »Du musst sie nehmen. Die Schatulle hat mir gesagt, das würdest du tun.«

»Sie hat gelogen.«

»Nein.« Svetlana schüttelte den Kopf. »Du

kannst nicht Nein sagen. Ich werde sie nicht behalten. Das Flüstern. Immer in meinem Kopf. Sie redet. Sie droht. Sie versucht, mich zu verändern. Das werde ich nicht zulassen.« Svetlana kniff die Augen zusammen und ballte die Hände zu Fäusten.

Sie hatte es bisher geschafft, gegen die Schatulle anzukämpfen, besser als Arleen es getan hatte. Aber es würde nicht mehr lange dauern, die Risse waren da. Wenn Arleen nichts tat, hätte Svetlana keine Wahl. Sie wäre die neue Wächterin.

Eine Sekunde lang erfüllte sie bei dem Gedanken daran, dass jemand anderes sie behalten durfte, Eifersucht. Und dann erinnerte sie sich daran, dass sie, wenn sie sich für die Schatulle entschied, Zach aufgab. Ein Leben. Glück.

Sie zu beschützen war diesen Preis nicht wert, und wenn die Schatulle damit nicht zufrieden war, dann hätte sie mit ihren Forderungen vielleicht vernünftiger sein sollen.

Anstatt auf eine Antwort zu warten, ließ Svetlana den Rucksack zu Boden fallen und wandte sich zum Gehen.

»Du kannst sie nicht einfach hierlassen!«, rief Arleen.

Svetlana ging weiter in Richtung des Waldes, während der Tiger neben ihr her trottete.

Zach ging neben dem Rucksack auf die Knie, berührte ihn jedoch nicht. Er warf ihr einen Blick zu. »Ich würde sagen, dass wir ein paarmal mit dem Auto darüberfahren, bevor wir sie zu den Experten bringen.«

Als Zach aufstand und zum Wagen ging, erklang ein Schuss. Er sog vor Schmerzen die Luft ein und hielt sich die Schulter. »Runter!«, brüllte er, was nicht der beste Ratschlag war.

Wenn sie sich duckte, wäre Arleen in der Schusslinie. Eine Kugel flog an ihrer Wange vorbei. Die nächste traf Svetlana, die aufschrie, als sie zu Boden ging. Der Tiger rastete aus und brüllte, als er auf die fünf Kerle zulief, die aus dem Wald herauskamen. Sie alle trugen dieselbe Kampfmontur.

Wie hatten sie sie gefunden? War es wichtig? Sie wusste, hinter was sie her waren.

Hinter der Schatulle. Und obwohl sie sie nicht wollte, wusste sie, dass diese Männer sie nicht haben durften.

Arleen stürzte auf das verdammte Ding zu und klemmte es sich unter einen Arm, wobei sie seine zufriedene Stimme ignorierte. Sie tat es nicht für die Schatulle. Sie verwandelte sich, während sie lief, und hörte überraschte Schreie. »Es hat das Artefakt. Erschießt es! Erschießt den Bigfoot.«

Ihre Füße waren nicht groß. Eine respektable und käufliche Schuhgröße zweiundvierzig, in einer Familie, in der die Frauen im Durchschnitt Größe fünfundvierzig trugen und es maßgeschneiderte Größen für die Männer gab.

Arleen lief in den Wald, den sie wie ihre Westentasche kannte. Mit einer Mutter, die sie zu Hause unterrichtete – denn Gott bewahre, dass sie Arleen aus den Augen verlor –, hatte sie Stunden, Tage, Wochen, *Jahre* gehabt, um jede kleinste Nische zu entdecken. Nach ihrer ersten Rückkehr war das Durchstreifen des Landes die eine Sache, die ihre Mutter ihr erlaubte. Allerdings neigte sie dazu, ihr stets zu folgen, weshalb sie meist in der Nähe ihres Zuhauses blieb.

Das Wissen ihres aktuellen Standorts führte ihre Füße an, aber sie lief nicht allzu schnell. Sie wollte ihre Verfolger nicht verlieren, denn sie hatte einen Plan. Hin und wieder blieb sie stehen, damit die Menschen aufholen konnten, wobei sie sich wenige Meter von ihnen entfernt versteckte und sich dann absichtlich zeigte, damit sie wieder die Verfolgung aufnahmen.

Der Wald verwandelte sich zu Felsen, als sie den Rand eines steinigen Abgrundes erreichte. Die Schlucht ging mehrere hundert Meter hinunter in einen Fluss mit starken Stromschnellen. Die Strömung war über ein paar Kilometer hinweg heftig, bevor sie über einen kleinen Wasserfall in einen See überging. Sie kannte die Strecke gut. Da es ihr nicht erlaubt gewesen war, in Freizeitparks zu gehen, hatte sie sich ihre eigene Version von Spaß beschafft.

Mit dem Rucksack in der Hand wartete sie. Bald holten sie auf, alle fünf Menschen, ihre Aufmerksamkeit auf sie und die baumelnde Tasche gerichtet.

Vier von ihnen zielten mit ihren Waffen, während der fünfte seine Hand ausstreckte. »Gib uns die Schatulle.«

Sie verwandelte sich, wobei sie froh war, dass ihr Pullover die Verwandlung überlebt hatte, auch wenn er jetzt ein wenig ausgeleiert war. »Warum sollte ich das tun? Wer seid ihr?«

»Gib uns die Schatulle.« Der Anführer wackelte ungeduldig mit den Fingern, beantwortete ihre zweite Frage jedoch nicht.

»Und wenn ich es tue?«

»Dann gehen wir weg.«

Würden sie das tun? Und was würden sie mit der Schatulle machen? Sie hatten gezeigt, dass sie keine Rücksicht auf Leben nahmen. Man stelle sich das Böse vor, das sie damit erreichen konnten.

»Ich glaube nicht, dass irgendjemand solche

Macht haben sollte.« Sie schlug den Rucksack auf den Felsen. Sie tat es erneut und erneut, während er schrie: »Stopp!«

Weil sie sich nicht sicher sein konnte, ob es ausreichte, trat sie auf die Schatulle. Sie ließ ihren Fuß auf den Rucksack niederschnellen, bis er sichtbar platter wurde. Dann stieß sie ihn mit dem Fuß über den Abgrund.

Die Miene des Anführers wurde ausdruckslos. Dann kalt. »Tötet sie.«

Kapitel Einundzwanzig

DIE VERLETZUNG VERLANGSAMTE ZACH, ABER nicht genug, um zu ignorieren, dass Fluffy von den bösen Kerlen verfolgt wurde.

In seiner Hektik, ihnen hinterherzulaufen, zerfetzte er seine Kleidung, und die Wunde an seiner linken Schulter bedeutete, dass er sich hauptsächlich auf drei Beinen fortbewegte, um den Druck herauszunehmen. Die gute Neuigkeit? Die Kugel war ein glatter Durchschuss. Die schlechte Neuigkeit? Er hatte keine Zeit, um stehen zu bleiben und Druck darauf auszuüben.

Es stellte sich als einfach heraus, ihrer Spur zu folgen, da die Menschen nicht versuchten, ihre Verfolgung zu verbergen. Noch seltsamer war, dass Fluffy ihre Strecke nicht zu verwischen schien. Er wusste, wie gut sie sich verstecken konnte, also warum hinterließ sie absichtlich Spuren?

Als die Bäume lichter wurden, sah er die Rücken der Menschen, die alle jemandem zugewandt waren, der am Rand einer Klippe stand.

Er kam gerade rechtzeitig an, um Arleen springen zu sehen.

»Nein!« Es kam als ein Brüllen heraus und brachte die Männer dazu, sich ruckartig zu ihm umzudrehen.

Keine sonderlich gute Idee, da sie die Waffen hoben, um auf ihn zu zielen. Die Chancen standen schlecht, aber er konnte nicht gerade weglaufen.

Manchmal tat es weh, ein Held zu sein.

Er lief auf den zu, der am verängstigten wirkte, quietschte und mit seiner Waffe herumfuchtelte, woraufhin der Kerl neben ihm brüllte: »Hey, pass auf mit dem Ding.« Als ihrer aller Aufmerksamkeit beansprucht war, drehte Zach sich, verzog das Gesicht, da seine Schulter protestierte, und stürzte sich auf den dritten, der wirklich hätte aufpassen sollen.

Nummer vier und fünf versuchten zu schießen, aber wie bei einer gewissen Militärgruppe in weißer Ausrüstung stellte sich ihr Zielvermögen als grauenhaft heraus. Nicht viele Leute lernten es, auf bewegliche Ziele zu schießen. Es war schwieriger als erwartet.

Mann Nummer drei verfiel in Panik und flüchtete, wobei er über seine Füße stolperte. Der Schuss stellte sich als laut und endgültig heraus. Die Dummen und Tollpatschigen sollten keine Waffen besitzen.

Der Kerl unter Zach war k. o., und als er sich auf drei Beine erhob, fühlte er die auf ihn gerichtete Waffe mehr, als dass er sie sah. Er wirbelte in der Erwartung herum, angeschossen zu werden, sah aber nur einen Ast, der von einer sehr gereizten Svetlana geschwungen wurde. Sie setzte den Kerl außer Gefecht und der Tiger kümmerte sich um den anderen Menschen.

Da der Feind unter Kontrolle war, ging er zum Rand der Klippe und spähte hinüber, in der Hoffnung, Arleen dort hängen zu sehen. Der Fels hatte keine Stellen, an denen man sich festhalten konnte, und das Wasser darunter sah kalt aus. Es bewegte sich schnell, was bedeutete, dass sein Blick flussaufwärts ging. Und dann sah er sie, ein silberner Kopf, der zwischen dem dunklen Blau auf und ab ging.

Es würde kalt werden, aber er sprang hinein. Er traf auf das eisige Wasser und seine Hoden krochen ihm fast hinauf in den Hals. So verdammt kalt war es, aber es war einfacher als erwartet, mit dem Kopf über Wasser zu bleiben. Er ließ seinen Körper der Strömung folgen, wobei er seine Pfoten benutzte, um sich im Vorbeikommen an den Felsbrocken abzustoßen.

Er konnte Arleen nicht vor sich sehen und musste hoffen, dass er sie hören oder sehen würde, bevor er zu weit vorbeischwamm, falls sie ans Ufer gegangen war.

Ein entferntes Brüllen ließ seine Hoden noch ein Stückchen höher kriechen. Natürlich gab es einen Wasserfall.

Er stürzte über den Rand und hing für einen kurzen Moment in der Luft, wo er mit dem Anblick eines wunderschönen Tals belohnt wurde. Ein großer See. Ein noch größerer Wald.

Dann fiel er nach unten und landete im Wasser. Er sank nach unten, berührte aber nie den Boden. Dem Licht folgend schwamm er an die Oberfläche. Er brach durch das Wasser hindurch und entledigte sich seines eiskalten Fells, wobei er rief: »Verdammt, ist das kalt.«

»Hier draußen nennen wir es erfrischend.«

Er hörte Arleens Stimme, die über das Plätschern des Wasserfalls ertönte. Er trat im Wasser und drehte sich, bis er sie auf einem Felsen in der Sonne sah, wo sie ihren Pullover auswrang.

Ein Gentleman hätte den Blick von ihrem Körper abgewandt.

Als ihr Liebhaber hatte er das Recht, sie anzusehen. Sie lächelte, als sie ihn dabei erwischte. »Du bist gesprungen.«

»Das bin ich.«

»Woher wusstest du, dass es nicht gefährlich ist?«

»Es war mir egal. Ich hätte nicht zugelassen, dass du alleine gehst und all den Spaß hast.«

»Ich weiß nicht, ob ich das als Spaß bezeichnen würde. Als ich jünger war, hat es weniger wehgetan.« Sie streckte sich und verzog das Gesicht.

Er lachte. »So alt sind wir nicht. Aber ich stimme dir zu, lass uns das in nächster Zeit nicht wieder tun.« Er zog sich auf den Felsen, und da er keine Kleidung trug, um die er sich Sorgen machen musste, bedeutete es, dass die Sonne ihr Bestes gab, um seine Hoden mit ihrer Wärme aus ihrem Versteck zu locken.

»Du bist verletzt. Ich sollte zurückgehen und die Gesichter dieser Menschen fressen.« Sie knurrte, als sie einen Fetzen von ihrem Pullover abriss und ihr

Bestes tat, um seine Wunde zu verbinden. Das Wasser hatte sie ausgewaschen, aber auch wenn er leichte Schmerzen hatte, war er mehr an ihr interessiert.

»Geht es dir gut?«, fragte er. Ihre Nähe war berauschend für seine Sinne.

»Ja.«

»Was ist mit der Schatulle passiert? Hast du sie im Fluss verloren?«

Ihre Miene wurde triumphierend. »Ich habe sie zerschlagen, bevor ich sie hineingeworfen habe. Sie ist weg. Ich bin frei.«

»Gut. Denn ich will dich nicht verlieren.« Er zog sie an sich und küsste sie.

»Ich werde nie wieder verschwinden.«

Er kuschelte sich an sie. »Wie weit ist es bis zur Zivilisation?«

»Weit. Aber wenn wir warten, werden sie kommen und uns holen.«

»Was denkst du, wie viel Zeit wir haben?«

Sie grinste. »Wie lange brauchst du?«

Nicht lange, wie sich herausstellte. Ihre Küsse wurden sofort hektisch. Ihre Hände streichelten und drückten. Er setzte sich auf den Felsen und sie ließ sich auf seinem Schoß nieder und nahm ihn tief in sich auf. Ihre Muskulatur spannte sich um ihn herum an und er vergrub seinen Mund an ihrem

Hals. Er spürte ihren Puls. Nicht nur unter ihrer Haut, sondern auch, wie sie mit ihm pulsierte.

Für immer. Seine Gefährtin.

»Ich bin froh, dass ich dich gefunden habe«, sagte sie, als sie sich danach an ihn kuschelte und die Wärme der Sonne auf ihrer Haut genoss.

»Ich auch, Fluffy. Ich auch.«

Epilog

SPÄTER AN DIESEM NACHMITTAG WACHTEN SIE vor Publikum auf.

Es begann mit einem nicht wirklich geflüsterten: »Ich glaube nicht, dass sie Kondome benutzt haben.«

Gefolgt von Maureen, die sagte: »Ich wusste, dass sie klarkommen würde.«

Was wiederum zu einigem Stöhnen führte. Schließlich öffnete er ein Auge und entdeckte Arleens Familie, die sich um sie herum versammelt hatte.

Aber das Sahnehäubchen? Zu klein, um ganz hinten gesehen zu werden, aber man konnte sie eindeutig hören. Sein Vater und seine Großmutter.

»Warum um Himmels willen liegt er mitten am

Tag nackt draußen? Muss schön sein, nicht arbeiten zu müssen.«

»Die Arbeit sollte mit der Natur ausbalanciert werden.« Maureen war ihnen am nächsten und hegte hoffentlich keine Mordgedanken, wenn sie ihre Tochter in seinen Armen sah. Irgendjemand reichte ihm einen Bademantel. Nicht seine erste Wahl, aber er bedeckte seine Nacktheit.

Die Situation gefiel seiner Großmutter nicht. »Du hast dich besser mit diesem Mädchen gepaart und sie nicht ausgenutzt. Ich werde dich nicht für kleine Bastarde beglückwünschen.« Oma war altmodisch.

»Jegliche Babys, die sie haben werden, werden geliebt werden, egal was passiert«, kam Maureens mürrische Antwort.

»Zu viel Liebe und man erstickt sie damit«, verkündete Oma.

Während sie miteinander diskutierten, kuschelte Arleen ihr Gesicht an seine Brust. »Können wir weglaufen?«

»Ja.«

»Weit weg?«

»Oh, verdammt, ja.«

Zuerst mussten sie allerdings einen Stopp im Revier des Rudels einlegen, da der König sichergehen wollte, dass niemand hinter ihnen her war, auch wenn die Schatulle zerstört war.

Zu jedermanns Erleichterung hörten die Angriffe auf.

Das Schlüsseltattoo der menschlichen Angreifer brachte nie konkrete Ergebnisse.

Und Zach fand heraus, dass Arleen die beste Löwengefährtin war, die ein Mann sich wünschen konnte. Außer, wenn sie die letzten Rippchen aß.

»Die gehören mir!«

Sie hielt sie auf ihrer Gabel aufgespießt hoch und lächelte. »Willst du darum kämpfen?«

»Ich würde dir im Austausch etwas dafür geben.« Er holte das Kästchen mit dem Ring heraus, den er mit einem hübschen Kieselstein hatte fertigen lassen, auf den er geblutet hatte, nachdem er während ihrer Rettung am See darauf getreten war. Später hatte er ihn in der Tasche seines Bademantels gefunden und es für ein Omen gehalten. Er hatte ihn auf einen Ring setzen lassen, den er jetzt von seinem Finger baumeln ließ. »Willst du ihn?«

Ihr Blick landete darauf und sie erstarrte. Ihre Lippen verzogen sich zu einem Lächeln, aber sie sah ihn direkt an, als sie sagte: »Mein.«

Einige Monate später ...

Joe brachte Nefertiti – Neffi für ihre Untertanen – vorbei, um Zach, ihren vorherigen Diener, zu besuchen. Ein anständiger Mensch. Er war gut darin gewesen, sie mit qualitativ hochwertigem Fleisch zu füttern und ihre Grenzen zu respektieren. Er gab gute Streicheleinheiten.

Aber er verließ oft die Stadt. Und das letzte Mal war er mit einer Frau zurückgekehrt.

Als würde Nefertiti teilen.

Zachs Vater stellte einen guten Ersatz dar. Er hatte gelernt, wie er sie hinter den Ohren kraulen und seinen Körper als Heizkissen für ihre extrem wichtigen Schläfchen bereitstellen musste. Aber er verehrte sie nicht so, wie Zach es getan hatte. Er erwartete von ihr, dass sie aus einer Schüssel aß. Sie musste ihn noch besser trainieren.

Es war eine Weile her, seit sie Zach das letzte Mal gesehen hatte. In dieser Zeit hatte er es geschafft, seine Frau zu schwängern. Sie hatte gute Hüften, es würde eine leichte Geburt werden.

Nefertiti war recht glücklich darüber gewesen, diese Fähigkeit zu verlieren. Als sie an diesem schrecklich riechenden Ort aufwachte, war sie von der Stelle, die sie an ihrem Bauch rasiert hatten, beunruhigt gewesen. Jetzt hingegen musste sie sich keine Sorgen darum machen, dass ihre Tändeleien zu Kätzchen führten, die an ihren Zitzen saugen würden.

Joe stellte ihren Tragekorb ab und öffnete die Tür. Sie trat heraus und war befriedigt, ihren ehemaligen Diener rufen zu hören: »Neffi! Schönes Mädchen, komm und sag Hallo.«

Als würde sie sich so erniedrigen. Es war bereits schlimm genug, dass sie an diesen elenden Ort in der Stadt gekommen war, wo es viel zu viele Löwen gab. Überhebliche Kreaturen, die dachten, sie würden die Welt regieren.

Sollten sie das nur weiter glauben, während sie wirklich etwas bewirkte. Während sich ihre Diener wiedervereinten, ging sie auf Erkundungstour. Sie sah ein Stück Spitze herunterhängen und wusste, dass es für sie bereitgestellt worden sein musste. Sie zog es mit einer Kralle aus der Kommodenschublade, die mit allerhand weichem Stoff gefüllt war. Ein Bett für sie!

Sie drehte sich im Kreis, vergrub ihre Krallen darin, zog Fäden, zerfetzte die Spitze und bereitete den Stoff gerade richtig vor, als ihr ein interessantes Funkeln ins Auge fiel. Ein Blick in den Spiegel ihr gegenüber offenbarte, dass sich das Objekt über ihr befand. Auf der Kommode.

Wollte sie sich wirklich anstrengen?

Mit einer Anmut, um die ihre Diener sie beneideten, sprang sie von der Schublade auf die Kommode und stolzierte zu dem Ring hinüber. Es war der, den Zachs Mensch für gewöhnlich am Finger trug. Aber die Frau hatte zugenommen. Sie hatte den Ring abgenommen und herumliegen lassen.

Nefertiti stieß ihn an. Er wackelte.

Wie konnte er es wagen, sie zu bedrohen?

Sie stürzte sich auf ihren Feind und kämpfte mit ihm. Der Ring floh und taumelte an der Kante in dem Versuch zu springen. Sie scheuchte ihn in eine andere Richtung. Er flog zu einer anderen Kante.

Oh nein, das tat er nicht.

Nefertiti sprang und traf den Ring mit ihren Vorderpfoten, bevor sie ihre Zähne darin vergrub. Grrr.

Jetzt hatte sie ihn. Sie nagte an dem Stein, einem Kieselstein, der sprach.

Hör auf.

Anstatt zu hören, schlug sie ihn von der Kommode.

Er landete auf dem Boden, wobei sich der Stein löste.

Er rollte und versuchte zu entkommen.

Die rächende Nefertiti sprang erneut los. Mit großer Geschicklichkeit landete sie auf dem Stein und packte ihn mit dem Maul.

Siegreich trottete sie in den Raum, in dem sich ihre Diener befanden, um ihnen ihren Triumph zu zeigen.

Aber Zach sah aus, als müsste er seinen Darm entleeren, und seine Frau wirkte, als würde sie Nefertiti kochen, so wie Oma es immer wieder androhte. Joe rief: »Spuck ihn aus.«

Was dachte dieser Diener sich, ihr etwas zu befehlen?

Nefertiti schluckte ihn.

~ Das Ende. ~

Zweifelhaft, denn ich frage mich, was als Nächstes passiert.

Danke fürs Lesen.

Eve